KB211016

소꿉각시

소꿉각시

김승섭 장편소설

좋은땅

작가의 말

사랑이란 서로를 지극히 배려하며
간절히 원하는 것이다.
그러나 잔인한 시간은 전혀 배려심이 없다.

이 천 이십삼 년 팔 월.

수정·보완판 드림

김승섭 장편소설 소꿉각시

차례

을미년 칠월 초하루

🪷 재회

아침부터 TV는 제주도 전역에 덮칠, 십육 년 만의 대설 주의보로 부산스럽다.

지금, 앉은뱅이책상 맞은편 작은 창 속에서 눈송이가 벚꽃잎 지듯 흩날리고 있다.

짧은 산간 생활 경험으로 미루어 봐도 두 길은 훌쩍 넘게 쌓일 눈이다.

작은 내 오두막집이 절해(絶海)의 고도(孤島)가 될 것이 분명했다.

참, 글쓰기 좋은 기회다.

나는 홍 단의 바람대로 글을 쓰기로 했다.

사 년 전, 절필(絶筆)한 필기구를 찾아 책상 위에 올려놓았다.

필기구 뒤, 창문 사이에는 백자 항아리 하나를 놓았다.

홍 단의 유골 분 한 줌이, 고운 한지에 곱게 싸여 담긴 유골함이다.

후 일, 내 유골 분과 섞일 단의 유골 분이었다.

여기저기 서리서리, 예순아홉 해 쌓인 삶을 가감(加減) 없이 풀, 소꿉 각시와의 약속이다.

나는 헐은 널빤지 서너 장을 성기게 조합한 임시, 좌식 책상 앞에 앉았다.

사 년을 한 번도 열어 보지 않은 한글 워드 아이콘을 노트북에서 클릭했다.

글을 끝내기 전에는 그 자리에서 누워 자는 일이 있어도 일어서지 않을 작정으로 물병과 전기포트, 라면 뭉치를 책상 아래 준비했다.

☆

사 년 전 춘천에서였다.

칠월 초하루, 새벽녘.

소꿉 각시와 쌍둥이처럼 닮은 홍 단을 재회하였다.

딸 같은 아이를 시나브로, 이성으로 보고 있는 나 자신에게 화들짝 놀라 도망치듯, 배드민턴 동호회를 탈퇴하였었는데 말이다.

심야로 접어든 애막골 먹자골목은 취객들로 거나했다.

국립 강원대학교 의대 주변에 자생한 취하자 골목은 밭 전(田) 자로 왁자했다.

주변에 밀집한 아파트 인근, 원근 주민들과 학생들로 늘 북적였다.

조심스러운 운전이긴 해도 늘, 두어 번 돌다 보면 손님을 맞을 수 있는 확률이 팔 할을 넘어, 택시들이 심야에 부러 방향을 잡는 곳이다.

중앙 통로 중간, 사거리.

편의점 앞에서 나를 급하게 세우는 손을 보았다.

동료의 부축을 받아 뒷좌석에 사십 초반의 남자가 승차했다.

"어디 가십니까?"
"후평 주공. 사!"

취기가 거나한 얼굴을 등받이에 거만하게 묻은 그는 룸미러로 내 얼굴을 못마땅한 아랫사람 대하듯 보며 명령했다.
순간, 가슴 한 곳에 서늘한 기운이 스치며 싸했다.
목구멍으로 술만 넘기면 개로 변하는 진상들을 만났을 때 으레, 죄 없이 겁부터 드는 것이었다.
나는 그 끝을 잘 알고 있었기에 최대한 불편함을 얼굴에 드러내지 않으려 애쓰며 조심스럽게 차를 진행하였다.

차체에 신체 일부를 부러, 슬쩍 부딪치고는 뺑소니 차량으로 신고하는 일이 심심치 않고, 취객으로 거나한 거리라 경적 없이 행인과 맞은편 차들이 양보해 주거나, 지나기를 배려하며 서로 기다렸다가 조금, 조금씩 차를 진행하였다.
좌우 후방 거울을 살피다 설핏 들어오는 실내 거울 속, 승객의 얼굴이 몹시 편치 않다.
그 표정의 뜻은 왜, 경적을 팍팍 울리며 배려 없이 빨리 가지 않느냐, 노골적인 불만이었다.

"손님, 빨리 모셔 드리고 싶은데….."

김승섭 장편소설 소꿉각시

그의 심기를 삭여 보려고 안색을 살피며 말했으나, 별 무였다.

그가 벌레 씹은 듯 입맛을 쩝쩝댔다.

지금 시간, 시내 거 개의 신호는 양보 신호등으로 바뀌어 점멸하고 있으나 차량 통행이 험한 곳은 신호를 살려 두고 있었다.

목적지까지 두 번의, 살아 있는 신호를 받아야 했다.

두 번째 신호 대기부터 아들 나이로 보이는 그가 그예, 육두문자를 섞어 시비를 걸기 시작했다.

생각보다는 늦지 싶었으나, 예견된 순서였다.

"씹할. 좆~같이 운전하네. 기본요금 거리가 뭐야?"

제 술자리에서 편치 못했던 심사를 풀기 위한, 개로 변한 주사(酒邪)의 당김 줄이었다.

짐짓, 못 들은 척했다.

이때, 대거리해 봐야 흉한 혹만 덕지덕지 붙어 오기 마련이다.

목적지 아파트 내의 통행로가 좁은데다 좌우로 주민들의 차가 서로의 엉덩이에 코를 붙이고들 주차해 있어, 차 한 대 겨우 비집고 나갈 일방통행로나 다름없었다.

그는 어기대듯, 한 번에 지날 수 없는 코앞에서 방향을 명령했다.

"서! 서! 기본요금 거리 아냐?!"

"손님. 심야 할증 시간입니다."

"그래도 그렇지?!"

"빨리 모신다고 애썼는데."

"씹 할! 좆~같이 운전하니까 그렇지?!"

"손님. 조금 편차고 저희와 타인의 안전을 위협하며, 신호를 무시하고 행인들을 밀어붙이고 운행할 수는 없죠? 또, 댁도 집안에 어르신들이 계실 것 같은데 말씀을 좀 가리시죠? 걸어오시는 것이 좋으실 뻔했습니다."

나는 대거리해 놓고, 바로 가슴이 덜컹했다.

이미, 때는 늦었다.

이런 경우, 취한 개의 주사(酒邪)엔 그저, 그저 쥐 죽은 듯, 잘못했습니다. 하고 대꾸하지 않는 것이 물린 개의 주둥이에서 빨리 벗어나는, 시간을 버는 일이었는데.

요금을 포기하고서라도 그리 해야 하는 것.

그만 순간의 분기를 참지 못해, 내가 일을 그르치고 말았다.

그 우려는 당겨진 고무줄처럼 아프게, 바로 튕겨 왔다.

"뭐?! 이 좆~같이."

그가 오천 원 지폐를 조수석에 쓰레기 던지듯 놓고 거칠게 내렸다.

조수석 문을 열고 상반신을 들이밀곤 다짜고짜 내 먹살을 잡아챘다. 그 서슬에 목 단추 두 개가 뜯겨 튀었다.

"나와! 너 오늘 무덤 팠어. 딱! 걸렸어. 개자식."

그가 움켜쥔, 주먹을 눈앞에 들이대고 나의 격한 반응을 유도했다.

그도 여의치 않자, 운전석으로 뛰어와 멱살잡이로 나를 차 밖으로 끌어냈다.

역한 술내를 뿜어대며 주먹을 코앞에서 까불어 댔다.

앞쪽에서 멈춘 두 대의 차가 길을 트라고 헤드라이트를 거푸 부라려 댔다.

운전자들이 나와 이쪽으로 왔다.

주사(酒邪)가 사단(事端)인 것을 인지하고 말리는 틈을 타 후진으로 길을 터 주었다.

황당하고 어처구니없는 피해자임에도 큰 잘못을 저지른 죄인처럼 서둘러 현장을 도망쳐 나오기 급급했다.

참으로, 얼 척 없다.

허한 이 상황, 알 수 없는 서러움이 목젖을 치받고 울컥 올랐다.

지금이라도 핸들을 확 돌려, 죽지 않을 만큼 개 패듯 짓밟고 싶은 분기가 울뚝불뚝 또, 마음 한쪽은 다급하게 다독이고 들었다.

처음 일을 시작한 때에는 싸움도 하고 경찰서까지 데리고 가기도 했었다.

그러나, 마음만 상하고 아까운 시간만 축낼 뿐.

그 시간에, 전생의 빚이라 생각하고 일하는 것이 두루두루 좋았다.

오늘 영업을 이만 접기로 했다.

심기가 상한 운전은 가슴을 다독이기 전까지는 안정되지를 못하고 아무 일도 아닌 것에 바로 험해지기 다반사여서 영업을 접는 것이 옳았다.

또, 이처럼 나쁜 일은 늘 거푸 일어나는 것도 맘에 걸렸다.

차는 인공 폭포를 뒤로하고 회사와 계약된, 가스 충전소가 있는 근화동

당간 지주(幢竿支柱) 방향으로 머리를 돌렸다.

P 아파트 정문 앞, 건널목에서 나를 부르는 손이 보였다.
영업을 접자 했던 마음과 달리 손은 이미 그녀들 앞에 차를 멈추고 있었다.
몸피 좋은 여인이, 술이 거나한 여인을 안쪽으로 밀며 승차했다.

"어디 가십니까?"

룸미러 속 여인들을 보며 말했다.
나는 약한 실내조명 속의 그녀들이 퍼뜩 기억나지 않았으나, 어딘가 낯이
익었다.

"E 아파트 부탁드려요."

향수 꼭지가 칙 눌린 듯, 양주 냄새가 내 얼굴을 확 덮었다.
순간, 룸미러 속에서 눈이 마주친, 목적지를 답한 안쪽 젊은 여인의 눈이
서서히 커지며 놀란 빛이, 둑 터지듯 했다.

"맞습니다."

보호자의 거들은 답이 끝나기도 전, 그녀가 두 손으로 얼굴을 가리고 대
성통곡하였다.
크게 소리 내 엉엉 울며 운전석 의자 등에 얼굴을 철퍽 묻었다.

뜻밖의 상황에 당황한 보호자가 손짓으로 우선 출발하자 했다.

그녀의 울음에 방해가 되지 않게, 나는 정면만을 주시하며 운전했다.
차 안에 그녀들만 있는 것같이, 나는 그저 벽이어야 했다.
바흐의 무반주 첼로 소나타가 흐르던 라디오의 전원도 껐다.

나는 곧, 그녀들을 기억해 냈다.
두 사람 다, 춘천역 앞 봄내 체육관에서 같이 운동하던 배드민턴 동호회
회원이었다.
통곡하고 있는 여인의 심정을 깊이 알고 있는 듯, 한마디 말도 없이 등만
을 토닥이는 여인은 그녀의 언니였다.

그녀를 기억해 낸 순간부터, 그 울음소리는 크고 작은 얼음덩이가 되어
내 가슴을 훑고 내려갔다.
내가 홍 단이라고 부르고 싶은, 그녀의 울음은 소양 2교 사거리 신호를
받을 때까지 그치지 않았다.
어쩌다 마주친 언니의 눈빛이 나를 기억해 낸 듯, 애써 시선을 피하고 있
는 내게 무슨 할 말이라도 있듯 잠시 바라보는 것을 나는 눈가에서 느끼
고 있었다.

"차 세워 줘요."

그녀가 울음을 그치고 말했다.

좌회전 신호를 받아 인도에 붙여 차를 멈추었다.
그녀는 운전석 등받이에 두 손으로 가린 얼굴을 묻고 말을 했다.

"언니. 먼저 들어가. 기다리지 마."

언니가 내리려다 말고 내 쪽을 보며 무엇인가 말을 하고 싶은 눈치로 머
뭇거렸다.
동생 눈치에 끝내 말을 못 했다.

본인도 짐짓 알아본 듯, 조심스러운 인사 뒤에 잘 부탁한다는 눈빛을 주
었다.
썩 내키지 않은 몸짓으로 천천히 내렸다.
걱정스럽게 차 안을 들여다보고 있어 진행을 주저하자 그녀가 채근했다.

"빨리 가요."

서행하며, 거울 속의 그녀를 보고 말했다.

"어딜 가~남?"
"낙산사."
"낙산사? 양양?"
"바닷가를 걷고 싶어. 아무 말 하지 말고 어서 가요."

충전소에 들러 택시의 배를 가득 불리고 춘천 시내를 벗어나자 그녀가 침묵을 깼다.

"앞에 앉을래."

조수석으로 옮겨 앉은 그녀의 안색이 많이 진정되어 보였다.
그녀가 서두르지 말고 가자며 한가한 국도를 택했다.

차는 보름달이 휘영청 두둥 한, S자로 뻗은 원창고개를 산책하듯 오르고 있다.
창문을 내리고 상반신을 내놓은 그녀가 두 팔, 활 펼쳐 들었다.
선선해진 바람을 한껏 들이마시며 양팔을 나뭇잎처럼 휘저었다.
머리 고무줄로 쪽 머리 묶은 화사한 얼굴이, 언제 펑펑 울었나 싶다.

"와!! …달빛이 밝고, 너무너무 좋다."

낙산사로 넘어가자는 말을 들었을 때부터 걱정스러웠다.
그, 차마 말 못 하던 그녀 언니의 눈빛이 생각났다.

"아가야. 오늘 애들 학교 가지?"

오랫동안 아무 반응이 없었다. 혹, 내 말을 못 들었나 싶다.

"평일이니, 신랑도 출근할 텐데?"

표정을 보니 내 말을 못 들은 것이 아니었다.
생각지도 않은, 잊고 있었던 일을 생각하고 있는 눈빛, 달빛 속에 멍하니 띄워 놓고 있었다.

라디오 스위치를 넣었다.
오펜바흐의 「쟈크린느의 눈물」을 첼로가 막 울리기 시작했다.
그녀는 창문턱에 양팔을 포개고 그 위에 오른쪽 볼을 올리고서 눈물을 흘리고 있었다.
첼로 선율이 끝날 즘, 눈물을 그친 그녀가 기어드는 음성으로 말했다.

"모두, 저 위에 있어."

그녀가 바라보는 곳은 보름달 빛이 휘영청 두둥 한, 공허한 밤하늘이었다.

"그럼, 전에 보여 준 가족사진은?"
"참, 신기하지? 그땐 딱 죽지 했는데. 산 사람은 이렇게 살아. 또, 새사람을 만나 곧 죽을 듯 열병을 앓고 있고.
…벌써, 칠 년 됐네. 나들이 교통사고."

그녀는 더, 아무 말도 하지 않았다.
나는 덜 아문 상처에 부러, 소금 묻은 손가락을 찔러 넣은 듯, 아릿한 마음이 서늘하게 몸을 식혔다.

그녀 얼굴에서 눈물이 말랐다.

"자네, 이름이 뭔고?"

"앗~찌?! 어~째? 이름도 모르고 있었어? 갑자기 마~아악 서럽다."

"자네가 말해 준 일이 없~지?"

"그~랬어? …홍 단(紅斷). 붉을 홍, 끊을 단. 홍 단."

"회원 명부에서 그런 이름은 못 본 것 같은데."

홍 단이 창문턱에서 상반신을 상큼하게 돌리고 답했다.

"개명."

"개명? …. 홍 단이라…. 붉은 홍, 끊을 단. 정열적으로 죽음의 공포를 끊는다. 뭐, 이런 뜻인가? 좋아, 좋아. 아주 좋아. 절에서 받았나?"

"---개신(改身). 개신 했지."

"건~또 무슨 말?"

"처녀 아닌 처녀같이, 이쁘이, 수술."

"도대체 무슨 말인지….”

"처녀-막 만들고, 질도 작게 하고."

"임마! 무슨 그런 말. 부끄럽지 않아?"

"홍 단이 되려고 했어. 완전한. 아저씨 홍 단."

"임~마?!"

나는 놀랍고, 너무 황당해서 급하게 갓길에 차를 세웠다.

"아버지뻘 어른을 가지고 그런 장난질 치는 거 아냐?! 성희롱하는 것도 아니고. 자네, 술이 덜 깼군. 두 번 다시 그런 장난치지 마!"

뜻밖으로 단호하게 언성을 높인 것에 놀라기라도 한 것인지, 홍 단의 눈꼬리에서 막을 틈도 없이 두 줄기 눈물이 볼을 타고 죽 흘렀다.
웃자고 한 농일 수도 있는 것을, 나이 먹은 것이 사려 깊지 못하게 버럭 소리부터 지른 일이 짠해졌다.

"장난치는 거 아닌데. 진심인데. 진심인~데."
"어떻게 장난 아냐? 내가, 자네 아버지뻘 되는 사람인데. 설사 진심이래도 그러면! 아니지. 자넨, 자네처럼 아름다운 나이를 가진 사람과 어울려야 해. 아냠?"

홍 단이 눈물겹도록 간절한 시선으로, 내 얼굴을 마치, 거미가 먹이를 거미줄로 칭칭 감듯 바라보았다.

"그만 보지? 구멍 날라. …아야. 운동 너무 심하게 하는 거 아냐? 얼굴이 물 빠진 양파 껍질 같아?"

나는 이 난감한 분위기에서 서둘러 벗어나고 싶었다.

"정말?"

홍 단이 정색하며 제 얼굴을 감추듯 두 손으로 감싸 쥐고 거울에 얼굴을
담았다. 이내, 볼멘소리했다.

"전부, 당신 때문이야!"
"당~신? 안 되겠다. 돌아가자."

내가 차를 돌리려고 핸들을 두 손으로 잡자 홍 단이 놀라 두 손으로 핸들
을 끌어 잡고 버티었다.
떼임을 당하는 아이처럼 응석을 부렸다.

"아~잉 아~잉. 아~잉."

이상한 일이었다.
딸내미 응석처럼, 홍 단의 그런 양이 내 가슴속에 따뜻하고 신선하게 젖
어 들었다.
처음 받아 보는 여인의 것이었다.
홍 단일 밀어내려 애쓰던 내 가슴이 미소를 머금는가 싶더니 어느새 차를
속초 방향으로 움직이고 있었다.
홍 단이, 노랑 부리로 먹이를 받아먹듯 내 볼에 깜짝 입맞춤했다.
우리가 사귈 수 없는 사이가 분명하나, 그래도 아이의 응석이 그리 싫지
는 않았다.

가슴 깊은 곳에서 묘한 설렘과 흥분이, 아주 조용히 일렁이고 있었다.

참으로, 소꿉 각시 홍 단이 환생하여 나를 찾은 것은 아닐~까?

어처구니없는 공상으로 너무도 쉽게 홍 단을 인정하고 있는 순진무구한 내 눈을 마주하고, 나는 비열하게 얼굴을 휙 돌리고 말았다.

"나 때문에? 왜?"

"자기가, 동호회를 그만두겠다면서 총무에게 전해 주라던 동호인 카드를 받는 순간 난, 피가 사지로 남김없이 빠져나가며 서 있었어.

보지 못하는 고통을 밤마다 술로 씻어 내다보니 물 빠진 양파 껍질이 됐~지 뭐.

그러니까, 당신이 책임지고 물을 보충해야 해. 알아~쩌?!"

홍 단이 팔짱을 끼며 머리를 기대어 왔다.

산허리를 흐르는 밤바람이 한동안 시원하게 우리를 어루만졌다.

"쉬. 쉬. 나 쉬?"

팔을 잡고 흔들어 대는 채근에, 갓길에 차를 어설피 세우고 전조등을 껐다.

다급하게 나간 홍 단이 저 앞에서 쉬할 준비하는가 싶더니, 커다란 보름달이 밤하늘에서 툭 떨어졌다.

그녀는 오 척(尺) 반 가까운 듬직한 몸피에 골반이 여느 여인의 곱절이나 되지 싶었다.

그 옛날 같았으면, 복(福) 받을 사대부 맏며느리 모습이 분명했다.

놀려줄 요량으로 차를 움찔댔다.

"아~잉! 아~잉!. 아~잉!"

화들짝 놀란 홍 단이 바지도 미처 못 올리고 어기적거리며 차를 막아섰다.
나의 웃음소리에 속은 것을 알고는 두 주먹을 들고 부르르 떨었다.
그녀는 환한 보름달을 보이고 볼일을 마저 보았다.

미시령과 한계령 갈림길에 있는 휴게소 자판기에서 커피 두 잔을 꺼냈다.
휴게소 너른 마당엔 우리 둘만이 달그림자를 달고 걷고 있었다.
아내의 전화벨 소리가 울렸다.

"어 여보."
"왜 안 와?"

잠이 덜 깬 아내의 목소리다. 귀가 시간이 넘었던 게다.

"어. 지금 양양 넘어가고 있어. 손님 볼일이 끝나고 같이 넘어가기로 했으
니까 늦겠네. 걱정하지 말고 어서 자. 어? 여자 손님. 그~래 임마."

한 모금 커피를 입에 담고 보름달을 바라보고 서 있는 내 곁으로 그녀가
와서 팔짱을 꼈다.
휘영청 교교한 보름달 빛을 호흡하는 아이의 얼굴이 달맞이꽃처럼 곱게

피어나고 있었다.

홍 단의 심신이 몰라보게 안정되어 있었다.

"자기야. 홍~단인?"

"그게 궁금했어?"

아이는 대답 대신 달빛 너울처럼 턱을 끄덕였다.

"헌~데, 자네가 어찌 홍 단일?"

"자기, 처음 운동하러 온 날, 나를 보고 놀라 커지는 눈을 보고. 나도 바로, 당신이 내 사람이라고 믿어 의심치 않았어.

내가, 나보다도 자기가 더 편했던 것 느꼈어?

생면부지 자기가 옆에 앉아 있는데도, 여자가 손가락으로 콧구멍을 후볐는데?"

"그럼. 속으로, 이 아이가 나를 무척 편하게 생각한다, 했지."

"그리고 며칠 후, 시합하려고 편을 가를 때 자기가 나를 지적하며 얼결에 난 홍 단이랑 하고는, 나를 보고 미안해 어쩔 줄 모르는 당신 모습에서, 내가 홍 단이란 여인과 아주, 똑 닮았다, 생각했어.

결정적인 것은, 한국소설 과월호를 내게 주었는데, 거기 실린 자기 단편소설 『별은 반딧불이 되어 나~븐 나~븐 내리고』에서 소꿉 각시 홍 단일, 나라고 믿어 의심치 않았지.

그때, 난 당신의 온전한 홍 단이 되기로 맘먹었었어."

김승섭 장편소설 소꿉각시

아이가, 팔짱 낀 내 팔을 제 앞가슴에 잔뜩 끌어 붙이며 말했다.

"자기가 나보다 더 편하고, 그냥 좋았어. 이유 없어, 그냥. 이유가 있어야하~남? 마냥 좋았다니?"
"난 모르겠다. 그 속을."

멀고 가까이, 두견새가 솥 적다고 울어 댔다.
우린 자판기 곁 긴 의자에 앉았다.
홍 단인 내 팔을 꼭 껴안고 곁에 앉았다. 잠시도 떨어져 있으려 하지 않았다.
왜, 나는 그것이 싫지 않은 것인지.
사십여 년, 사랑만을 주고 산 삶.
이제, 가슴 저 깊은 곳에 앙금처럼 침전해 있던, 그저 맹목적인 사랑만을 마냥, 받고만 싶은 보상 심리가, 아이의 휘~저음에 부유하는 것을 굳이 외면하고 싶지 않았다.

"홍 단인. 더러 봤어?"

나는 남은 커피를 입 안에 넣고 먹이를 채근하듯 바라보고 있는 아이를 돌아다보았다.
내가 얼굴 돌릴 틈도 없이 홍 단이, 꽃잎 같은 제 입술을 건 듯한 바람처럼 내 볼에 붙였다 가져갔다.

"자네를 처음 보았을 때, 내 속에서 바닥으로 쿵!! 떨어지는 가슴을 느꼈네.

땀이 송송한 얼굴에 고무줄로 쪽 머리 묶고 있는 모습이 영락없이 유년의 홍 단이 모습이었어.

그 아이의 성장한, 나이 먹은, 지금의 모습은? 하고, 상상해 본 일도 없지만.

영 상상이 가지를 않네만, 자네의 모습만큼은 내 아름다운 유년 시절을 떠올리기에 넘칠 정도였지.

아니, 가감할 것도 없이, 바로 홍 단이었네.

자네를 보는 동안 내가 얼마나 행복했는지, 자네가 알 수 없지."

"날 보는 눈빛과 얼굴서 숨기지 못하던 당신의 그 아늑한 행복감. 나도 느끼고 있~었지?"

홍 단이 장난스럽게 말했다.

"그랬~어? 그렇게 표시 났~어?"

아이가 짓궂게 얼굴을 찡그리고 답을 대신했다.

"그랬구나.

언제부터인지, 자넬 여자로 보고 있는 나를 의식했네.

자네가 우연히 보여 주게 된 가족사진.

해서, 자넬 보는 횟술 줄였지만, 여전히 내 맘이 감추어지지 않고 되레, 눈덩이처럼 커지고 있는 것을 느끼고 더럭 겁이 났네.

고민 끝에 운동을 접은 것이야."

"덕택에 이 불쌍한 홍 단인, 허구한 날 술 빨에 온몸의 물이란 물은 몽땅 빠져, 양파 껍질이 됐었~네?"

나는 대답 대신 미안함으로, 아이를 어깨 품에 힘껏 끌어안았다.

"유년 시절의, 그 단편을 끝낸 언제인가, 일하다 말고 갑자기 홍 단이 궁금해 충북 음성 무극에 내려갔지.
식당에서 막걸리 주전자를 앞에 두고 이종사촌 남동생 입에서 충격적인 말을 듣고 말았어.
난, 거기 내려와 앉아 있는 것을 눈물 나게 후회하고 말았네."

아이가 따스한 두 손으로 내 한 손을 끌어다 잡았다.
나도 모르게 아이의 이마에 입술을 잠시 포개었다.

"내가 서울로 올라온 이후, 홍 단인 또래 아이들과도 어울리지 않고, 피하며 스스로 외톨이, 왕따 생활을 하다가 이듬해 봄에 서울로 이사 갔었다는데.
그해 여름, 한지 봉지에 한 줌 유골로 담아져, 아버지 품에 안겨 왔다는군.
아이의 유언이, 내 소꿉 각시로 반년을 행복하게 웃으며 지냈던 산이며 들이며 냇가, 장터에 뿌려 달라는 것이었다지…"

홍 단의 따스한 두 팔이 내 허리를 힘껏 감싸 안았다. ꒰

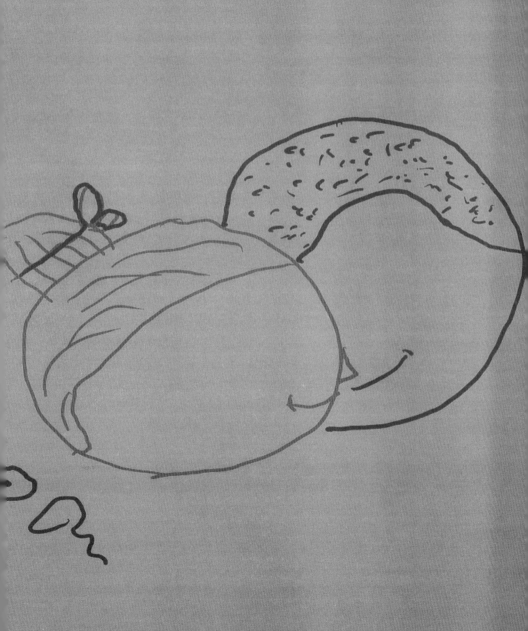

갈등

낙산 해수욕장 해변, 파도에 밀려오는 여명의 빛들이 쌓이고 있다.
홍 단은, 모래톱을 느리게 밟으며 나의 허리를 끌어안았다.
아이의 불편한 걸음을 돕기 위해 어깨를 감싸 주었다.

"홍 단이 넌, 아름다운 네 나이와 어울리는 사람과 짝을"
"안 들려! 안 들려! 파도 소리 때문에 아무것도 안 들린다? 안 들려!"

단인, 부러 안 들린다며 내게서 떨어져 도망가듯 앞서갔다.
안 되겠다 싶었다. 여기서 꺾이면 두 번 다시는 설득할 기회가 없을지도
모른다.
단일 쫓아가 잡았다.
그녀가 내게서 벗어나려 힘쓰는 탓에 우린 모래톱에 나란히 눕고 말았
다.
우린 한참을, 그렇게 말없이 누워, 무릎까지 올라오는 파도 소리만을 마
냥, 마냥 듣고 있었다.

"당신, 나 설득하려 애쓰지 마. 일시적 순간의 감정을 이기지 못해 젊은,
유치한 혈기로 해 보는 짓이 아냐.

자기 보기엔 내가 애 같아도, 더하기 빼기도 할 줄 알아.

내가 당신 사랑하는 것은, 바라는 것이 있어, 아니지.

당신이 그냥 좋아.

나보다도 당신이 더, 더, 더 편해.

그냥 너무너무 편해.

홍 단은 그냥, 그냥 너무너무 좋아.

그냥 좋다고.

그냥 당신을 사랑한다니까? 그냥 사랑한다니까?

그냥 사랑한다고. 사랑한다고!"

"홍 단아! 난! 난, 가정이 있어.

사십여 년을 살 비비며 사랑해 온 아내가 있다고. 내 목숨과도 같은 두 자
식을 제 살 찢어 가며 내게 안겨 준 아내가 있다고.

무엇보다 그 사람, 내가 사랑하고 있다고?"

"해.

사랑해!

버리라고 하지 않았어?

버리고 오라고 하지도 않아!

그럼, 내가 진짜 천벌 받을, 나쁜 년이지.

내가 그냥 당신을 사랑해. 사랑한다고.

그늘 속에서 당신을 보아야 하는 것도 알아. 당신이 미치도록 보고 싶어
도, 죽을 듯이 아파, 당신 품이 필요해도, 당신이 곁에 있어 줄 수 없는 것
도 알아.

알아?!

그래도 난, 난 당신을 사랑할 거야.

사랑한다고.

당신을 사랑하지 말라고, 하지 마.

당신은 그냥, 그냥, 내가 당신을 내 목숨보다도 더 사랑하고 있다는 것만 알고 있으면 돼.

당신 소꿉 각시, 홍 단인 것만 알아주면 된다니까?

나, 홍 단일?"

아이가 내 품을 더 깊이 파고들며 떨었다.

서둘러 일으켜 앉힌 단의 이마에 진땀이 송송했다.

이마를 쓸어 주는, 걱정스러운 내 눈빛을 본 아이가 품에 힘없이 쓰러졌다.

"자기야. 나 추워. 자고 싶어."

인기척인지, 문 닫히는 소리인지, 나는 선잠을 소파에서 깨었다.

테라스 밖으로 갈매기와 바다가 보인다.

힘들게 침대에 눕혀 잠들게 한, 그녀가 보이지 않았다.

화장실 안에서 인기척이 들렸다.

그녀가 부탁하는 대로 가방에서 비타민 한 알을 꺼내어 먹이고 잠들기 편하게 도와주었었다.

잠들기 전에 꼭 비타민을 먹어야 잠을 잘, 잘 수 있다고 했다.

바닷물에 젖은 그녀의 바지를 벗기고 수면 가운을 입혀 침대에 눕혔다.

아이가 떼쓰듯 같이 자자는 것을 달래었다.

무척 피곤했을까, 떼쓰다 곧 잠이 들었다.

그녀가 깊이 잠이 든 것을 보고, 나는 화장실로 들어가 바지를 벗었다.

맑은 물을 세면대에 넘치게 받아 흘리면서 소금물을 헹궈 낸 뒤, 옷걸이
에 걸었다.

그녀의 잠든 모습을 지켜보다 나도 모르게 잠이 들었었나 보다.

나는 서둘러 옷걸이에 걸린 바지를 입었다.

그녀의 바지가 보이지 않았다.

"단아."

"나, 여기 있어요."

화장실에서 나오는 그녀의 얼굴이 그럴 수 없이 촉촉하니 화사하고 행복
해 보인다.

머리 끈으로 단정하게 뒷머리에 쪽진, 단아하고 촉촉하며 곱상하고 화사
한 모습이 참 그대로, 단이다.

"방으로 아침 부탁했어. 육개장."

"좋지, 육개장."

늦은 아침을 먹고 퇴실한 우리는 해변의 모래톱을 걸었다.

나는 그녀가 진땀을 흘리며 한바탕 아파하는 것을 보고 설득하는 것을 단

념했다.

단인 아무 말도 하지 않았다.

그저, 같이 있는 동안만이라도 내 몸을 온몸으로 느끼려는 듯 몸을 붙이고, 느릿느릿 걸었다.

해변의 끝에서 그녀가 춘천으로 올라가자고 했다.

"우리, 커피 사 가자?"

단의 해맑은 물음이 이렇게 고마울 수가, 미소를 가득 올리는 것으로 답했다.

"올라가면서 이야기 들려줘?"

무슨? 하고 묻는 나의 눈빛을 보고 그녀가 명쾌한 톤으로 말했다.

"별은 반딧불이 되어 나~븐 나~븐 내리고."

나는, 순간 솟는 사랑의 화기를 다스리지 못하고 그녀의 뒷덜미를 끌어다 입맞춤하고 말았다.

아! …이, 얼마나 큰, 잘못된 행동인가.

나는 안타깝게도 그때, 그것을 까맣게 몰랐었다.

그녀가 한계령을 앞에 두고 이야기를 채근하는 눈빛을 했다.

택시를 갓길에 정차했다.

그녀가 물려주는 빨대로 커피를 한 모금 올려 입안을 적셨다.

☆

별은 반딧불이 되어 나~븐 나~븐 내리고

『백여덟 번째 여름을 맞은 노(老)작가.
서귀포시립 양로원에 입소한 지 칠 년이 되었다.
아침을 마다하고 부탁한 대로, 주방에서 부러 누룽지 만들어 숭늉을 만들었다.
송 간호사가 분청 대접에 담아 쟁반에 받쳐 들고 죽향실 문을 들어섰다.
쟁반을 곁탁자에 올려놓고 노작가의 침대를 음식 먹기 편할 만큼 높였다.

노작가는 한사코, 수전증 심하지 않은 손으로 그릇을 받았다.
한동안 가슴을 한껏 부풀려 숭늉 내음을 몸 안에 담아 들였다.
송 간호사가 두 손을 대접만큼, 받치듯이 벌려 노작가의 실수를 대비하였다.
노작가의 얼굴엔 관음보살의 온화한 미소가 물무늬처럼 가득 번지고 있다.
입안 가득 숭늉을 담은 노작가는 반은 삼키고 나머지는 음미하며 한참을 곱씹어, 아깝듯 삼켰다.

"부처님 맛이 가득하군."

노작가가 대접을 겹게 건네고, 의자를 곁에 두고 앉으라 손짓하였다.

모포를 가슴께까지 올려 주는 송 간호사의 손을 노작가가 가만히 잡았다.
섬뜩한, 차가운 손이다.
송 간호사는 노작가에게 잡힌 손을 담요 속에 가만히 옮겨 넣었다.

"아가. 하루방, 오늘 별나게 유년 시절이 생각나."

노작가의 시선이 아련한 유년으로 걸음마를 했다.

"외숙모가 끼니때마다, 가마솥에서 하얀 사기대접에 담아 주던 숭늉이 생
각났어."
"그러셨구나."
"기억나는 유년 시절이라고 해 봐야, 고작 반 핸데. 무지개처럼 아름답게
빛나는 때였네.
그렇다마다."

송 간호사의 손을 잡은 노작가의 손이 따뜻하게 더워지고 있었다.

"그때, 내 나이 여덟이었어.
엄마에게 손목을 잡혀 외가댁을 간 것이 초등학교 일 학년 여름방학 때였지.
외할머니 집은 냇물을 따라가는 길 쪽으로 싸리문을 내고 있었어.

황톳길 먼지를 뒤집어쓰고 버스에서 내렸네.
처음 보는 이모와 이모부가 마중을 나왔지.

이모부가 앞서, 과일 상자와 과자 봉지, 술병을 자전거에 싣고 저녁 길을 걸었어.

엄마가 이모에게 말했어.

"전보 받았니?"

엄마가 서울에서 싸 온 봇짐을 머리에 이고 이모부 뒤를 따르던 이모가 이렇게 대답한 것 같아.

"마침, 건너 마실서 큰 돼지 잡았네. 서른 근을 구했어. 된장 풀어 푹 삶아, 맛나."

엄만 이모의 이런저런 이야기를 들으며, 내 손 잡은 손아귀에 힘을 살짝 주었네.

그때, 내 눈은 온통 새로운 세상을 둥둥 떠다니고 있었어.

대낮같이 밝은 보름달 빛 속을, 물고기 등지느러미와 꼬리처럼, 걸음걸음마다 흐느적거리는 엄마의 하얀 치맛자락.

또, 그 그림자가, 우우 떠오르는 반딧불이와 같이 바로 몽환이었네.

호롱불 두 개를 상머리에 두고 많은 가족이 둘러앉아 있었지.

모두 처음 보는 외가 사람들이었어.

나는 할머니 무릎에 앉았네.

할머니는 겨우 눈에 띄리만치 체머리 흔들며, 쉼 없이 내 얼굴과 온몸을 만지고 또 만지며 이렇게 말했어.

"이놈이 종화 새끼라고? 네가 종화 새끼야?"

할머니는 백내장으로 앞을 잘 보지 못했네.
곁에 앉아 있던 작은외삼촌은 아이처럼 웃으며 돼지고기의 비계를 손으로 꼼꼼히 발라, 살점만을 새우젓에 찍어 내 입에 넣어 주었어.
삼촌은 그렇게, 새 친구를 만난 듯, 아이처럼 좋아했지.
엄마에겐 작은오빠고, 몸피는 장사였는데. 지능지수는 그때의 나와 다름없었네.

작은외삼촌이 돌이가시고 후일에야 알게 된 일이지만, 당신 어렸을 적, 돌이킬 수 없는 병 끝에 사용한 응담이 과해, 머리만 커지고 지능이 유년 시절에 머문 것이었다 들었지.

다음 날 아침, 나는 작은외삼촌 손에 끌려 산책했어.
마당놀이를 벌일 만큼 너른 마을 마당에 도착했어.
내 또래의 아이들이 안쪽에서 비석 치기 놀이를 하고 있었다네.
삼촌은 아이들 눈치를 심하게 보며, 나를 끌고 마당 가를 까치발로 가는 것이었어.
그중 제일 커 보이는 것이 삼촌을 발견하고는 냅다 소리치는 것이었네.

"대갈장군이다! 대갈장군이다!"

아이들이 비석 치기를 단숨에 거두고 우리 가까이 몰려들었어.

"대~갈~장~군! 대~갈~장~군! 대~갈~장~군!"

가락까지 넣어, 저들 아빠 같은 삼촌을 놀리며 긴 싸리 가지로 쿡쿡 건드리고, 작은 돌까지 집어 던졌지.
삼촌은 비루하게 웅크린 몸으로 나를 가리고, 쩔쩔매며 마당을 벗어나려고 애썼어.
뛰듯 끌려가던 내 뒤통수에 아이들이 던진 돌 하나가, 눈에서 별똥이 번쩍이게 했네.
난, 삼촌 손에서 손을 빼고 돌아섰네.
또래 같아 보이는 머슴애가 보란 듯이 양 볼에 두 엄지손가락을 대고, 여덟 손가락을 엇 팔락여 용 용 용 죽겠지 했어.
어디에, 내게 그런 용기가 있었는지.
대뜸 그 녀석에게 뛰어가 돌처럼 꽉 움켜쥔 주먹을 놈의 콧등에 날렸어.
녀석은 별똥이 떨어지는 듯 두 눈을 질끈 감으며 아픈 비명을 지르더군.
뜨거운 코피가 죽 흐르는 것을 쓱 훔친, 제 손등에서 피를 확인하기 무섭게 두 코를 감싸 쥐고는 마당을 뒹굴며 엉엉엉 소리 내, 죽는다고 울었어.
그 일이 있은 후, 나는 의도치 않게 또래의 대장이 됐네만.

집에 돌아왔을 때, 엄마의 모습이 없었네.
그때, 어린 내가 왜, 엄마를 찾으며 울지 않고, 무슨 생각으로 그것을 당연한 것처럼, 아무렇지 않게 받아들였었는지 지금도 모르겠어.』

지금쯤 내가 목마를 것을 어찌 알았는지, 홍 단은 제 커피의 빨대를 입에 물려주었다.

『이모 집 앞의 개울이 넓어, 물놀이하기 참 좋았지.

우린, 미루나무에 붙어 목청껏, 당차게 울어 대는 말매미 소리와 냇둑의 때까치 소리를 들으며 물놀이했다네.

개울 바닥의 차돌과 모래흙을 긁어 쌓아, 둑을 만들고, 물을 가두어 자배기 수영을 했지.

물속에 머리를 묻고, 누가 오랫동안 숨을 참는지 시합도 했어.

숨을 참지 못하고 일어서는 놈마다 치마 같은 속곳이 훌러덩 물 위로 떨어졌어.

머슴애들은 번데기처럼 붉은 고추를 가지고 크기를 자랑하듯, 허구리를 양손으로 짚고 까르르대며 한껏 내밀길 좋아했네.

계집아이들은 수줍어, 고쟁이 잡아 올리기에 사력을 다했고.

얼마나 순수하고, 아름다운 모습들인가?.

따가운 햇볕은 개울가 차돌을 달구고, 거기 널어놓은 고쟁이며 헐렁한 속곳을 뽀송하니 말려 주었네.

고추잠자리, 말잠자리, 송장 메뚜기들이 나 잡아 봐라.

이리저리 날아다니고.

참 매미와 유지매미들은 미루나무에서 목이 터지도록 열창했네.

이모부가 반접이나 되는, 대광주리에 담아 내준 개구리참외는 한나절 물놀이를 배 두드리게 했지.』

"귓속에 들어찬 물을 차돌에 뽑아내는 시합. 해 봤나?"

그녀가 얼굴을 빙긋 가로저었다.

"넓적한 차돌을 물이 들어차 맹한 귀에 대고, 주먹만큼 한 다른 차돌로 톡톡 두들겨 주면 막힌 물이 찡하고 흘러내리며 뜨스하지.
별스럽게, 차돌에 흘러내린 물의 양으로 승부를 가리는 것이었어.
우리에게는 모든 행동거지가 놀이고, 곧 경쟁이었어, 서열 정하듯 말이지.
계집애들 앞에서는 특히 더 심했네.
손뼉까지 쳐대며 경합을 부추기기 일쑤였거든."

『저마다 크고 작은 소쿠리들을 들고, 미꾸리며 버들치를 잡는다고 개울가 풀 더미며, 큰 돌들을 합심해 풀썩이고 부산스럽게 흔들어 대었다네.
한 마리라도 건져 낼라치면, 세상의 모든 물고기라도 잡은 듯 큰 소리로 환호성치고 떠들어 댔어.
손바닥에 모래를 묻혀 미꾸리와 버들치를 잡고, 여물은 버들강아지 줄기를 뽑아 아가미에서 입으로 찔러 넣어 꿰어선, 계집애들에게 들려주고 자랑찬 얼굴들을 바짝 들고는 했지.

어느 날은, 흰 고무신 검정 고무신 할 것 없이, 모두 벗기어 물을 담아 놓고 거기에, 엎어지고 자빠지고 고꾸라지며 겁게 잡은 가재, 물방개, 미꾸리, 버들치를 넣어 두게도 했지.

계집애들이 들여다보고 참 좋아했네.

고무신 배 띄우기 시합도 말할 수 없이 재미났어. 새 신 헌 신 할 것 없이 모두 벗어, 냇물에 띄웠네.

더러는 신발 한 짝으로 돛을 만들어 끼운 것도 있었지만, 무거워서 자주 냇물에 가라앉아. 애태운 끝에 돛을 치우고 말지.

냇물 따라 흘러가는 제 신발을 따라가며 첨벙거리고, 넘어지고, 소리치고, 돌이나 나뭇가지에라도 걸리면 빗겨 놓으며 욕을 퍼붓고….

도중에 물뱀이라도 만나면 머슴애들은 나뭇가지를 구해 들고서 놈을 잡겠다고 허세 같은 수선들을 피웠다네.

팥알보다도 작은 물방개가, 오목하게 모은 두 손바닥에 잡혀 들자, 내게 뛰어와 보이며 환하게 웃어 보이던, 홍 단의 땀 송송한 얼굴.

그때 처음, 홍 단이 그렇게 곱게 보였네.

고추잠자리 시집, 장가보내는 일은 또 어떻고?

방아깨비, 때까치 잡아, 긴 양다리를 모아 잡고 방아 찧게 하는 시합은 또 어떻고?

이런 곤충들을 살려 잡는 일엔, 왕거미 집만큼 더 좋은 것이 없었네.

우리 키 두 배는 헐 넘을 싸릿가지를 꺾어 낭창낭창한 성장 순 쪽 껍질을 이빨과 손톱으로 한 뼘 벗겨 내면 물기가 촉촉하니 올라와 매끌매끌하네. 거기, 왕거미 집을 거두어 감고 또 감는다네.

처마 밑, 굴뚝 밑, 외양간 안, 오동나무 가지 사이, 장독 뒤 담장, 왕거미

줄이 있을 곳은 모두 뒤져, 거두어 감고 감았지.

감긴 거미줄 위에 퇴, 퇴 침을 뱉어 밀어 올리네. 대추만큼 만들어지면, 그 끈적거림이 요즘 쥐 잡는 끈끈이 못지않아.

그것을 곤충들의 날개에 살짝 대기만 해도 철썩 달라붙네. 떨어지려고 버둥댈수록 날개가 더 넓게 달라붙었어.

개구쟁이도, 그런 개구쟁이들이 없었지.

청개구리를 잡아선 또 어찌했게? 짐작은 가는가?

고무줄놀이하는 계집애들에게 살금살금 다가가, 목덜미 들추고 등줄기에다 넣었다네.

그뿐인가? 고쟁이 벌리고 배 속이나 사타구니에 넣어, 어른들에게 꾸중을 참, 많이도 들었지.

어느 이른 아침.

마을 마당에서는 누렁이 소를 흘레붙이고 있었어.

우린, 어른들의 호통으로 진흙 돌담 뒤나 냇둑에 엎어져 머리만 살~풋 들고 숨어서 보았네.

여럿, 청장년들이 암소에게 달라붙어, 움직이고 뒷발질 못 하도록 굵은 참나무 가지를 앞뒤로 가로질러 묶고 있었지.

수소는 그 짬을 못 참고 게거품을 질질 흘리며 앞뒤 발질로 마당을 팍팍 파대었네.

그 기세를 버티느라 고삐 잡은 서넛의 장정들이 휘둘리고 있었어.

놈은 기름하고 허여멀끔하고 긴, 무 같은 그것을 한껏 빼내고는 게거품을 뚝뚝 흘리고 있었네.

흘레 잡이 외침이 있고, 장정들이 놓아 버린 고삐를 끌며 내닫는 황소의 기세가 참으로 무서웠다네.

암소 엉덩이 위에 올라탄 황소의 그것이 격하게 움직였지.

젖퉁이 쪽만 찔러대는 그것을 흘레 잡이가 손으로 잡고, 그것에 어렵게 가져갔어.

빈우(牝牛)가 아픈 비명을 마당에 길게 토하고 나서, 수소가 씩씩거리며 떨어졌어.

나는 비석 치기 놀이보다는 굴렁쇠 굴리기를 참 좋아했네.

한 살 아래, 이종사촌 남동생 것이었는데, 이모부가 아마, 자전거포에서 구했다시.

마을에서 하나뿐인 그 굴렁쇠는 쇠로 만들어진, 오목한, 자전거 바퀴 뼈 대였어.

먼저 바퀴를 한 손으로 슬쩍 밀어 굴려 놓고, 오목한 곳에 매초롬한 싸릿 가지를 대고 밀어 굴리는 놀이였어.

굴렁쇠를 못 굴려 서운한 놈들은 수수깡 끝을 한 뼘만큼 접어 그것을 땅 바닥에 대고 밀었네.

너른 마을 마당에서 시작된 굴렁쇠 굴리기 놀이는, 떠들썩하게 또래들을 꼬리처럼 끌고, 온 마을 골목골목을 누비고 다녔다네.

홍 단은, 이마며 콧등의 땀방울을 제 손등에 훔쳐내며 끝까지 꼬리가 되 고, 슬쩍슬쩍 곁에 와 주머니에 보리 개떡 같은, 먹을 것을 넣어 주곤 했지.

자치기 놀이, 제기차기, 딱지치기 참, 놀이도 많았네.

벼메뚜기잡이도 예사 재미가 아니었지.

손을 온통 메뚜기피로 끈적였어.

허벅지며 종아리에 팔뚝까지, 벼 잎에 쓸려 쓰라린 줄 모르고 논바닥을 드나들다 어른들께 혼쭐나, 도망 다니기는 예사였지.

들기름과 소금을 슬쩍 둘러 메뚜기 볶는 일은 계집애들이 저들 언니와 했어.

한 냄비 볶아 온 메뚜기를 저마다 제일 큰 주머니를 벌려 나누어 담고, 계집애들은 저들 언니와 큰 마당에서 수월래놀이에 나뉘었네.

머슴애들은 산기슭으로 냅다 달려가 전쟁놀이에 돌입했지.

대장인 나의 지시에 따라 매초롬한 싸릿가지를 꺾어 총, 칼 대신하고, 가상의 적을 앞에 두고 벌이는 전쟁놀이였네.

이리 뛰고, 저리 뛰고, 오르고 내리고, 뛰어내리고 건너뛰고.

바위 뒤에 숨고, 풀밭을 기고.

이마며 볼이며 종아리고 팔뚝이, 나뭇가지와 가시덤불에 긁혀 피가 비치는 줄도 몰랐어.

그 와중에서도, 볶은 메뚜기 날개 떼어 내기 급하게 입 안에 넣고 맛나게 씹는 즐거움이 살갗에 상처 나는 줄, 까맣게 몰랐지 싶네.

모두가 바위 뒤에 숨은 때, 나는 수류탄을 힘껏 던진다고 주먹만 한 돌을 쥐고 팔을 뒤로 한껏 뻗었는데, 그만 돌이 뒤로 날아가선 개똥이 눈썹 위를 다섯 바늘이나 꿰매게 하는, 흉터 만든, 그 일을 까맣게 잊고 있었는데 우연히 만난, 환갑 넘은 그 아우가 이 흉터 기억이 나냐고 물어와 알게 되었네만.

전쟁놀이한 그날, 나는 온몸에 옻이 올랐어.

이모부가 구해 온 닭 피를 며칠 동안 사타구니까지 벌겋게 바르고도, 물놀이와 대장 놀이에 정신을 빼놓고 있었다네.

참개구리를 싸릿가지로 때려잡아 그 몸통을 밟고 뒷다리를 힘껏 빼어 내 껍질을 벗기고, 싸릿가지에 줄줄이 꿰어 소금을 살짝 뿌려, 냇가에 모닥불을 피우고 둘러앉아 구웠다네.

뼈까지 오도독 오도독 참, 맛나게들 씹어 먹었다네.

우리 머슴애들이 계집애들에게 지지 않고 해 줄 수 있는 일 중 하나였어.

내가 자주 선동했어.

그 일이 모르긴 했어도, 외가댁 뒷집에 살고 있던, 곱상한 홍 단이, 참개구리 뒷다리를 무척 맛있어해 더 그랬지 싶어.

망초 흐드러진 어느 때쯤인가, 어찌, 내 인생의 가장 아름다운 그날을 잊을 수 있어.

이모부는 장터 마당에 흰 광목천을 두르고, 바닥엔 멍석들을 잇대어 깔아 놓고 활동사진을 틀고 있었네.

저녁 어스름에 이종사촌 남동생을 앞세우고 장터로 논둑길을 걸었어.

가설극장의 장막을 들추고 드나들이 하는 아이들을 단속하는 청년들의 서슬에 찬바람이 일었네.

이종사촌 남동생에겐 더러 있는 일인 듯, 주저 없이 장막 안으로 들어가 이모부를 앞세우고 나왔어.

난 아이들과 함께 이모부에게 이끌려 스크린 맨 앞줄에 나란히 앉아 활동

　　　　　　　　　　　　　　　 김승섭 장편소설 소꿉각시

사진을 보았지, 내용은 전혀 기억 못 해.

이상한 모자를 쓴 어른들이 말을 타고 달리며 총을 쏘고 죽고 했다는 거?
어깨를 맞대고 곁에 앉아 있던, 활동사진에 놀랐던 것인지는 모르겠으나
나도 모르는 어느 결엔가 손이, 단이 손에 꽉 잡혀 있었네.

우린 활동사진이 끝나기 무섭게, 기다렸다 같이 들어가자는 이모부의 말
을 뒤로하고 가설극장을 벗어났어.
보름달 빛이 흐느적이는 밭 사잇길을 줄 서서 걸었지.
내 앞길을 놓치지 않고 걷던 단이가, 삼키는 비명을 지르며 움찔하고 물
러섰네.
그 바람에, 내 가슴에 찰싹 붙은 홍 단의 등짝에서, 따스한 온기와 함께
들쩍지근한 땀 냄새가 가슴이 아리도록 훅 들이켜졌어.
우리 두 사람의 머리 위로 수없는 반딧불이, 우우하고 날아올랐어.
하늘의 수없는 별들, 홍 단이 건드린 뽕나무에 내려앉아 선잠을 자고 있
다가 놀라, 제자리로 우우 날아 올라가고 있었네.
아이가 더는 뒤로 넘어지지 않게 팔을 둘러 보듬듯 안고, 같이 올려 보았어.
불꽃놀이처럼 우우 소동이 끝나고 반딧불이 나~븐 나~븐 내려앉기 시작
하자 누가 먼저랄 것도 없이, 잡어! 소리치고, 모두 호박밭을 망둥이처럼
뛰었네.

제 무명옷의 깊은 주머니 속이, 별을 따 넣은 듯 반짝거리는 것을 내게 보
이며 단인, 호박꽃 등 만들어 달라고 했지.

호박꽃이 꿀이 많아, 담장 무너뜨린다고 혼찌검 나면서도 아이에게 꽤나 따 먹였었는데….

뽕나무 가지에 호박꽃 등을 셋이나 달고 마을에 도착하자 아이들은 하나둘 제집으로 돌아가고 둘만 남았지.

우린, 서로에게 어떤 끈이 묶여 있었기에, 아이들이 각자 제집으로 걸음을 채근하길 바라며 주춤거리고 있었던 것일까?

월하노인(月下老人)의 짓궂은 묶음이었을까?

그저 단순한, 생물학적인 향기의 묶음이었을까?

아님, 활동사진에서 본 여자와 남자의 신비로운 입맞춤에 대한 호기심의 묶음이었을까?

하나를 더하고 빼는 마음밖에 모르는 우리에게, 나름 무게를 가진 첫사랑의 묶음이었을까?

아이가 진흙 돌담에 등을 바짝 붙이고 서서, 호박꽃 등을 얼굴 가까이 들고 좋아라 들여다보았네.

그 곁에 나도 어깨를 나란히 하였지.

담장 위에서 늘어진 박꽃을 끌어다 홍 단이 코밑에 무심코 대어 주었네.

아이가 갑자기, 재채기했어.

그 바람에 들고 있던 호박꽃 등이 심하게 흔들리며 두 개가 땅바닥에 떨어졌지.

불 밝히고 있던 반딧불이, 달빛 속을 헤엄치듯 날아갔네.

아이가 아쉬워하며 잡으려고 쫓아가는 것을, 내일 또 만들어 주겠다고 팔을 잡고 말렸네.

내가 호박꽃 속에 반딧불이 넣고 꽃잎을 모아 묶는 힘 조절이 되우, 끊어질 만큼 꼭 묶였던 게야.

아쉬워하는 아이의 표정이 얼마나 귀엽던지.

나도 모르게 한 손이 뻗어가 볼을 감싸 주었는데, 아이는 그것이 돌려세우려는 것으로 느꼈나….

달빛처럼 내게 돌아섰네.

나는 얼결처럼 한 손마저 가져다 아이의 얼굴을 꽃송이처럼 받쳐 들었네.

살포시 눈을 감은 꽃송이에 혼미하게 취한 내 입술이 낙화처럼, 아이의 빨간 입술 위에 떨어지고 말았네.

떠오르고 있던 아이의 입술이 내 입술에 뭉그러지며, 살~풋 벌어진 아이의 입안에서, 뜨겁고 알싸한, 풋풋한 오이 내가 가득히 밀려들었어.』

홍 단은, 급한 손짓으로 차를 길가에 세우게 했다.

차가 멈추기 무섭게 그녀는 내 목덜미를 끌어다 입맞춤을 격하게 하였다.

따스한 손으로 내 볼을 어루만지며 향기로운 목소리로 말했다.

"사랑해. 사랑해. 사랑해."

내 남성의 화기가 격하고 거세게 솟으며 인두 끝에서 불꽃이 팍팍 튀었다.

선혈이 금시라도 터질 듯 아파졌다.

나를 간절하게 원하는 단이의 비단결 같은 손길은 그대로 기름이었다.

허나, 거세게 솟은 내 남성과 다르게 나머지 신체는 호텔에서 아이의 잠든 모습을 지켜보며 빳빳하게 경직되어 있듯 했다.

"단아."

아이는 내 목을 뜨겁게 안으며 달뜬 목소리로 답했다.

"웅."
"자네가 언제든 날 받아들일 준비가 되어 있는 것처럼 난 아직, 준비가 되어 있지 않아.
내가 자넬 받아들일 준비가 될 때까지, 기다려 줄래? 그저 본능적으로 휩쓸리는 것은 자네에게나, 안사람에게 행할 최소한의 예의가 아닌 것 같다."
단이가 뜨거운 숨길을 고르며 내 턱밑에 붙인 머리를 겨우 느낄 수 있게 끄덕였다.

안전하게 차를 길가에 주차하였다.
그녀를 겨드랑이 품에 감싸 안고 이야기를 이어갔다.

『또, 언제인가….
화창한 초가을. 아침결이었어.
홍 단이 집에 찾아와 막무가내로 손을 잡아끌며 장터 구경 가자고 했지.
무남독녀 외동딸의 응석이, 사립문 밖 홍 단 엄마의 매운 눈짓을 눈치 보고 있는 내게 같이 가자는 말을 하게 했지.

사마귀처럼 아이에게 손을 잡혀 끌려다니며 구경하는 장마당.
흥나는, 전혀 새로운 세상이었네.

좌판의 옷가지들, 양말, 건어물, 닭, 강아지, 푸줏간, 과자, 어판, 떡들, 참빗, 얼레빗, 경, 곰방대, 갓, 부채, 곡물 전, 기름집, 열쇠, 대장간, 한지, 문방사우, 개다리 상, 두부, 태양초, 사기그릇이며 옹기, 키, 채, 대광주리.
뻥이요!
줄타기 마당. 박하 분, 만병통치약 장사치의 요란한 등 북소리, 야바위꾼 외침, 주막, 시래기 순대 국밥집.
쩔그럭쩔그럭 엿장수의 엿 치는 가위소리.

홍 단 엄마가 내 손에도 엿가락을 들려주었네.
아이는, 제 어미 손을 놓고 나를 사람들 사이로 이리저리 끌고 다니며 제 것을 입으로 똑 똑 부러뜨려 얼른, 얼른 내 입속에 넣어 주었네.
때마다 고명 얹듯, 눈을 빤히 들여다보며, 다짐받듯, 명령하듯 말했지.

"얌전이가 주는 거, 먹지 마?!"

나는 달콤한 엿을 오물거리며 턱을 크게 주억거렸어.

"곱단이 주는 거, 먹지 마?!"

나는 또, 눈을 크게 뜨고, 꿀 먹은 얼굴을 크게 주억거렸네.

홍 단인, 신발 좌판에서 제 속살만큼이나 뽀얀 고무신을 골라 얻어 신고, 치마 끝을 올려 보이며 곱냐고 물었어.

나는 그저, 엿 물은 입을 꾹 다물고 턱만 크게 주억거렸네.

장터 구경 말미엔 쇠머리 국밥집에 앉았네.
홍 단이 제 어미 한눈파는 사이마다, 고깃점들을 슬쩍슬쩍 내 그릇에 넣
었어.
여식의 행동거지를 보고 그 어미가 기가 차서 하는 말투엔, 몹시 사랑스
럽고 귀여워하는 억양이 가득했네.

"허!~ 이구. …잡것, 쯧쯧쯧쯧."

홍 단이 그렇게, 좋아했던 내 요술, 재주가 있었네. 재주?
그것이 요술이나, 재주라고야 할 것이 없었네만.
작은외삼촌에게서 배운 것이야.
여문 강아지풀을 뽑아 손바닥 위에 톡 털면, 수염 달린 씨들이 오롯이
떨어지네.
그 손바닥 가까이 다문 입을 가져가 이렇게 소리를 내지.

으~음~~~.

소리의 높낮이를 따라, 손바닥 위 씨들이, 마치 강아지처럼, 이리저리 움
직이네.
제 손바닥으로도 스스로 할 수 있었지만, 단이는 이리 말하고 굳이 하지
않았어.

김승섭 장편소설 소꿉각시

"강아지 보여줘."

아이가 제 입술을, 소리 내는 나처럼, 쌔근거리는 숨결이 손가락 끝에 느껴지리만치 가까이하고서 마주 보는 것을, 그리 좋아했어.

더러는, 아이가 재채기를 갑자기 하는 통에 강아지들이 멀리 날아가, 배꼽 잡고 까르르댔어.

제비가 하나둘 강남으로 떠나기 시작하는 어느 늦가을. 군 생활을 마친 큰외삼촌이 커다란 주머니를 어깨에 둘러메고 돌아왔네.

쪽마루에 걸터앉아, 깡통에 든 과자를 꺼내어 어린 조카들에게 나누어 주며 첫인사를 나누던 큰외삼촌.

내 기억엔, 그때부터 할머니의 큰삼촌 기다림이 시작되었어.

삼촌은 수리산에서 우리 키 서-너길 되게 나무를 해, 새벽 나무 장터에서 팔았어.

나무 임자를 일찍 만나는 날은 그 돈으로 할머니 드릴 자반이며 동태, 꽁치, 쌀이나 보리, 검정 고무신이며 흰 고무신 등과 바꾸어 지개에 싣거나, 매달고 왔지.

물론 우리에게 줄 알사탕도 있었네.

삼촌이 나무를 지고 온다는, 내 말을 전해 들은 할머니는 그때마다, 가슴 무너지는 한숨을 내쉬며 외숙모가 열어 둔 싸리문으로 삼촌이 들어설 때까지 내-, 혀를 쯧쯧쯧 차셨네.

삼촌은 나무를 뒤란 부엌문 곁에 부려 놓고 아침 한술 뜨기 무섭게, 외숙모가 든든하게 싸 둔 도시락을 지개에 묶고, 깊은 수리산으로 나무하러

갔다네.

앞도 보지 못하는 할머니가 손녀를 등에 업고 툇마루에 서서, 때때마다, 어찌 시간 가늠을 그리하는지. 나를 앞세워 놓고 늘 큰삼촌 돌아오나 살피게 했네.

삼촌은 이따금, 빈 도시락통에 가재를 가득 잡아와 우리에게 구워 주었지.

외숙모가 칼국수 하는 날이면, 작은외삼촌과 불 지펴진 아궁이 앞에 쭈그리고 앉아 칼질하는 외숙모 손만을 애타게 바라다보았네.

작은 가마솥 곁에서 외숙모가 밀가루 반죽을 홍두깨로 밀고 접어, 칼국수를 썰고 끝을 남겨 주면 부지런히 부지깽이 끝에 길게 걸어 아궁이 불에 구워 먹었지.

어느 해거름, 또래들과 전쟁놀이를 마치고 들어선 마당에서 나는 보았네.

지게문 활짝 열린 곁방에, 반드시 누워 있는 작은외삼촌의 고쟁이 속 사타구니에 손을 넣은 할머니가 쓱쓱 문지르며 혼잣말처럼 말을 하고 있었지.

"이~놈아. 이~놈아. 일어나. 일어나. 이~놈아 이~놈아. 일어나. 일어나!?"

그 목소리는 분명 진한 피를 토하고 있었네.

상여가 꾸려지고, 작은외삼촌이 그것을 타고 먼먼 수리산으로 갈 때까지, 나는 그것이 사람 죽어 치르는 장례식인지 몰랐어.

첫눈이 내린 어느 날부터 외할아버지가 와 계셨어.

금맥을 찾아 싸리문을 나서면 수년이 되어서야, 빈손으로 돌아왔다는 외할아버지.

내 모든 일거수일투족이 못마땅해, 나무라시며 작은 물건들을 내게 집어 던졌다네.

나는 외할아버지에게 미움 당하는 이유를 몰랐네,

후일 성인이 되어 안 일이지만, 어머니가 할아버지에게 미운털이 박힌 자식이었어.

홍 단은 내 분신처럼, 참으로 열심히 나를 따라다녔어. 숨바꼭질 놀이 때는 늘 내 뒤에 숨었지.

등짝이나 허구리께의 옷자락을 사마귀처럼 잡고 놓아주지를 않다가도 팔꿈치나 손가락을 잡을 때는 손톱만 한 청개구리가 앉듯이 잡고는 했어.

마을 뒷산에서 토끼며 다람쥐 구멍에 불 놓기도 그랬고, 미처 털지 못한 콩대를 서리해, 숨어서들, 입언저리가 까매지도록 굽은 콩 주워 먹기며, 눈싸움까지.

큰외삼촌이 두 발에 굵은 철사를 대어 만들어 준 썰매를 지치고, 개울가나 논둑에서 모닥불에 꽁꽁 얼은 손발을 녹이고 있을라치면, 홍 단이는 그새 굽은 고구마를 꺼내어 껍질을 벗겨 내 손에 들려 주고 했다네.

더러는, 홍 단에게 내 애기 각시라며 엇먹는 놈들. 난, 곧추뜬 눈빛으로 깃을 접게 했지.

그리 돌아쳤으니, 어찌 감기가 나 몰라라 하겠나?

해거름에 팽이치기 끝내고, 누런 코를 소매에 훔치며 마당에 들어서서 나는 기침을 하였지.

큰외삼촌을 불러 약 사 먹이라는 외할머니의 말이 끝나기 무섭게 곁에 있던 할아버지가 베고 있던 목침을 냅다 던지며 소리쳤지.

"저놈 새끼! 약은 무슨 약! 쓸 일 없다!!"

툇마루에 날아든 목침이 얼마나 큰 소리를 내고 마당으로 튀었던지….

겁에 질려, 그 길로 꽁지 불붙은 망아지 꼴로 마당에서 냅다 달음질쳐 나왔어.

따라오는 사람이 없는 것을 확인한 나는 걸음을 채근해서 장터로 가고 있었네.

어린 마음에도, 집에서 멀리멀리 도망가야겠다는 생각이 들었던 게야.

그 길이, 왜 그리도 먼지.

나는 얼굴에 칼날 같은 바람을 맞고야, 사위가 산짐승 어슬렁일 밤인 것을 알았네.

서둘러 숨을 곳을 찾던 내 눈에, 탈곡 끝난 볏짚들이 논바닥에 고깔 모양으로 쌓여져 있는 것이 들어왔네.

힘들여, 속 짚단을 빼내어 공간을 만들고, 두엇 풀어 바닥에 깔았네.

기어들어 앉아선, 빼낸 짚단 하나를 구멍 앞에 세워 칼바람 막고, 짐승 눈도 가렸지.

새우처럼 웅크리고 누워 있었어.

칼바람이 볏짚을 할퀴어 대는 발톱 소리에 무서움이 들었어.

괭이잠을 떨며 설치고, 멀리서 메아리처럼 들려오는 산짐승의 배곯은 울음소리.

한기에 설핏, 눈이 떠졌네.

볏짚 틈새로 별빛이 반짝거리는 것을 보았지.

나는 한참을, 더 넓은 틈을 찾아 별을 보았어.

홍 단이 지펴 준 모닥불처럼, 별빛이, 그렇게 따스했어.

그 틈을 더 벌려 보려고 손을 뻗어 애썼지. 그만, 짚단을 넘어뜨리고 말았지.

거기.

그 여름날 밤.

홍 단이 뽕나무를 건드려, 어지럽게 하늘로 날아 올라갔던 별들이, 반딧불이 되어 나~븐 나~븐 내리고 있었어.

나~븐

나~븐

나~븐….

아련한 노작가의 눈 안에선, 별이 반딧불이 되어 나~븐 나~븐 내리고 있었다.

송 간호사 손에 잡혀 있는 노작가의 손에서 따뜻한 핏물이 빠져나가고 있듯이….』

이야기가 끝나기 무섭게 그녀가 말끝을 차고 들었다.

"자기야. 나, 방금 생각났다. 생각났어.
그날. 자기가 외할아버지에게 혼쭐나고 장터 쪽으로 줄행랑칠 때, 싸리
문 뒤에 숨어 있던 내가 이름 부르며 뒤쫓아 갔다?
생각나?"

나는 뭐라고? 하듯, 보일 듯 말 듯 턱을 끄덕였다.
참으로, 이 아이가, 어찌 그것을.
그 옛날 소꿉 각시 홍 단이 와 나, 단둘이만 기억할 일을 어찌 이 아이가?.

"그날 새벽녘엔 참 추웠었는데.
그때, 이녁이 꼭 안아 주어 전혀, 추운 줄을 몰랐어."

지금, 이 무슨 일이, 내게 일어나고 있는 것인가?
아이가 방금 떠올린 기억을 듣는 순간 나는 가슴이 쿵 하고 진도 10의 직
하 충격을 받으며 무너져 내려앉았다.

이 아이가 정말 환생하여 온, 나의 소꿉 각시 홍 단이 맞는가?
맞는가?
맞아?
내 가슴이 무너져 내리는 소리를 듣지 못한 홍 단은 차 안에 단둘이 있건
만, 손으로 내 귀를 가리고 그 누구도, 남이 들어선 절대 안 될 말을 하듯

김승섭 장편소설 소꿉각시

귀엣말하였다.

깨알같이 작은 목소리였다.

혹여 남이라도 들을까 싶은, 몹시 수줍어하면서.

딱, 두 마디였다.

홍 단이, 그날 밤 내게 말한 그 두 마디는 아이가 쫓아온 일과 함께 이제
껏 내 가슴속에서 단 한 번도 나가 본 적이 없는, 홍 단이 와 나, 단둘만이
알고 있는 비밀 중 비밀이었다.

더 무슨 확인이 필요한가?

더 무슨 확인이 필요하단 말인가?

참으로, 더 무슨 확인이 필요하단 말인가.

지금 내 품 안에 안겨 있는 이 아이는 분명, 내 소꿉 각시 홍 단이다.

환생하여, 어렵게 돌아, 돌아 나를 찾아온, 내 소중한 소꿉 각시 홍 단이
참으로 맞다!!!!!

나.

나.

나.

이를 어째?

어째?

어째?

나는 지금, 이 현실이, 천지개벽 같은 폭발에 이어 치솟아 넘친 시뻘건 마

그마가 바로 굳어 가고 있듯, 화산암이 되고 있다.

"자기 왜 그래?!"

내 가슴이 딱 멈추어 있는 것을 느낀 홍 단은 황급히 상반신을 떼어 내고 손바닥으로 가슴을 탁탁 쳤다.
나는 숨길이 트이자마자 단일 으스러지도록 끌어안았다.
그녀의 이름이 가슴 안을 깊이 저미며 메아리처럼 휘돌아 쳤다.

회귀(回歸)할 준비를 끝낸 연어처럼, 한국소설 지면에 실린 『별은 반딧불이 되어 나~븐 나~븐 내리고』가 아이에게 그대로 원천(源泉) 물길이 되어 준 것이 틀림없었다. ⚜

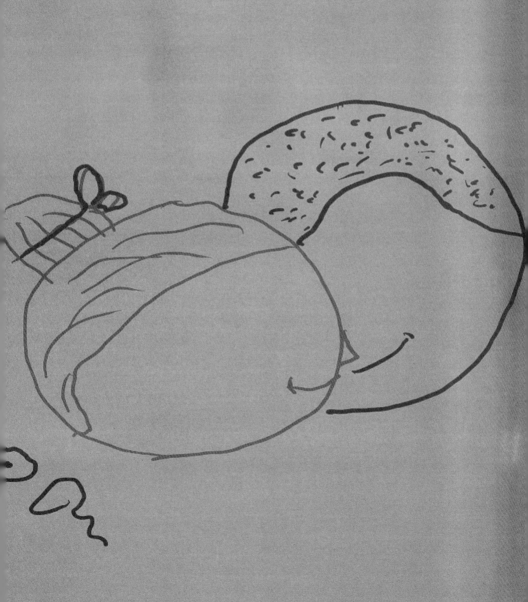

🌸 단애

결국, 아내와의 싸움을 피하지 못했다.

원인은 소금물이 덜 빠진 바지와 집에서 사용하는 비누와 다른 이질 향이 었다.

아내의 후각은 무척 예민하고 남달랐다. 내가 개 코라고 장난을 칠 정도 였으니까.

게다가, 질투심이 평범치 않았다.

성격이 불같고 살처럼 급해, 제 성질을 못 이기고 뒤로 넘어져 손가락을 뒤틀며 꼬았다.

자존심은 또 어떤가, 태산이라도 단숨에 베어 낼 듯 면도날처럼 서슬이 시퍼렇다.

게다가 늘, 문지방을 넘어서면 내 서방이 아니라는 것이 집사람의 평소 심중 지론이었다.

아마도, 내가 택시 핸들을 잡고 있어 더 그렇지 싶다.

감시 아닌 촉수가 늘 내게로 예민하게 맞추어져 있었다.

그만큼이나 나를 사랑한다는 관심이기는 한 것인지.

해서, 쓸데없는 오해로 쌈을 만들지 않으려고 늘 조심한다고 하는데, 내가 데면데면한 구석이 많아 이따금 싸움의 빌미를 제공했다.

김승섭 장편소설 소꿉각시

오랜 세월을, 서로 살을 비비며 세상 풍파를 함께 지나다 보면 더러 모난 곳들이 두리뭉실해져 편해지는 것이 인지상정인데 되레, 열불 났을 때 사용하는 아내의 단어가 어느 순간부터는 적응이 어려운 과격한 육두문자로 바뀌었다.

황소처럼 돈을 벌지 못하는, 생활력이 없는 가장을 대신해서, 가방끈 짧은 여자로서 할 수 있는 험한 일들만 골라 하다 보니 게서, 흠뻑 물들었지 싶다.

아니, 내가 그리 만든 게지.

허니, 아내에게 물볼기 맞아도 싸지 싶은 인사가 아닌가.

우리의 싸움은 늘, 오래가지 않았다.

그 썰렁한 한기를 내가 숨이 막혀 오래 버티지를 못한다. 해서, 열 중 아홉은 내 쪽에서 원인이 없고 잘못하지 않았더라도 착실히 두 무릎 꿇고 빌어서 늘 끝을 내었으니 말이다.

헌데, 이번 싸움만큼은 달랐다.

의식치 않고 있었음에도 홍 단의 뒷배가 있었던 탓일까.

아내와 살 섞어 살아오면서, 남자로서 너무도 굴욕적인 잠자리 자존심을 꺾인 일들 등, 저리 밀쳐 놓고 눌러 참아 온, 사십여 년을 절임용으로 눌러 논 바윗덩이가 고무풍선처럼 부풀어선 휘 까닥 넘어지며 분기가 새삼 치솟았다.

더러는 분기가 머리를 처들고, 이번만큼은 반드시 갈라서리라 했던 일들이 그동안 없지 않았으나, 내가 아내를 사랑하는 맘 하나만으로 곧 스스로 다독여 매번 머리를 꺾었었다.

그것이 벌써, 사십여 년의 미운 정, 고운 정, 아주 오래, 오래 오랫동안 발
효되어 빛과 향과 맛으로 이제 막, 묵은 된장으로 어우러졌거늘.
내 스스로 생각해 봐도, 눈알이 휘 까닥 돈 듯 쳐들린 살모사 머리가 예사
롭지 않아서, 하체가 덜덜 떨릴 지경이었다.

아내와의 냉전이 벌써 사흘을 넘어가고 있다.
평소의 내 성격으로 보아, 경천동지할 일이다.
아내 쪽에서도, 속으로는 흠칫할 일이었으나 꼬리 내릴 일은 전혀 없다.
이번만큼은 절대 무릎을 꿇지 않겠다는, 오기 아닌 오기 같은, 대책 없이
터져 버린 연막탄이 내 속에 가득했다.
확연하게, 싸움의 빌미가 내 쪽에 있음을 누구보다도 스스로 잘 알고 있
음에도 이 무슨 억지 같은 오기란 말인가.

뒷배 아닌 뒷배로 정말 홍 단이 떡 있는 것인가?
잘못해 놓고도 뻔뻔하게 잘못을 인정하지 못하겠다고 뻗대기를 가능하
게 하는 분명, 단이가 우유부단한 뒷배가 되었다.

홍 단이 두툼한 편지 봉투를 내밀며 양양 갔다 온 경비라 했다.

"근데 뭐가, 이렇게 두툼해?"

내가 봉투를 열어 보려 하자 아이는 서둘러 내 손을 잡았다.

"집에 가서 혼자 개봉해. 응?"

"알았어."

"뭐 먹을까?. 뼈다귀 감자탕?"

홍 단이 이 며칠 보지 못한 사이에 화사하게 물오른 꽃이 되었다.

아이는 심신이 안정되어, 흐드러지게 꽃이 핀 초원에서 뛰놀기 숨이 차고, 무엇보다 술을 멀리하니 당연한 일이라 했다.

그녀가 미워 죽겠는 눈빛을 보내며 고명을 얹듯 덧붙이길, 의도치 않은 일이기는 하나, 또 소금을 뿌리면 이번엔 확 죽어 버리겠다고 겁주었다.

재차 고명을 올린다, 이삼일 더 늦게 만났었다면 언니를 통해 죽은 소식을 들었을 거라 했다.

내 소꿉 각시 딱, 홍 단이 말투다.

그 말끝이 더디게, 가슴을 쓰윽 베고 내려간다.

손을 뻗어 아이의 콧등과 미간에 송송한 땀을 엄지손가락으로 닦아 주었다.

"땀이 끈적대. 어디 아픈감?"

"으~웅?"

아이는 얼굴을 흔들어 깜찍한 표정으로 부정했다.

"비타민이 모자라나 보다. 가방 안에 비타민 통. 한 알만 꺼내 줘요."

비타민C 라벨이 붙은 약통에서 한 알을 손바닥에 떨어뜨려 건네주며 말했다.

"어째, 비타민을 만병통치약 먹듯 하남?"

아이는 약을 한 모금 물로 넘기면서 나를 그윽이 보고는 그저, 씩~ 웃기만 했다.

나는 초등학교 하교 시간쯤에 후평 주공 2단지 앞 내리막길을 빈 차로 내려가고 있었다.
아이들이 재잘거리며 학교 앞 골목길을 꽃송이가 벌어지듯 쏟아져 나오고 있었다.
건널목 앞에 차를 멈추었다.
나는 아이들에게 천천히 건너가라고 정중하게 예를 다해 손짓해 보였다.
해맑게 피어나고 있는 아이들 얼굴에서 내 아이들의 어릴 적 얼굴이 보였다.
행복해하던 두 녀석의 얼굴과 목소리가 귓가로 올라오자 두 눈에서 자제를 잃은 뜨거운 눈물이 샘처럼 솟아 둑을 무너뜨렸다.
행복이 넘쳐도 눈물이 난다더니 내겐, 그때가 그렇게도 행복한 순간이었었나 보다.

큰 녀석이 초등학교 5학년, 막내가 3학년 때다.
그날, 나는 중고 카세트 라디오를 하나 사 들고 집에 왔다.
아이들에게 훗날 추억이 될 만한 저들 음성이라도 남겨 주고 싶은 맘에서, 헐하게 주겠다는 수리점 주인장 말이 떨어지기 무섭게 집어 들었다.

그날 저녁, 아내는 부엌에서 칼국수 만드느라 구슬땀을 흘리고 있었고 두 녀석은 한 번이라도 더 제 노래를 담으려고 라디오에 붙은 마이크에 저들 입을 가까이 들이대느라 머리를 부딪쳤다.
천사의 목소리가 그보다 더 사랑스러울까?

어느 날, 아이들 하교 때엔 또, 어떠했는가.
두 녀석 등하굣길이 족히 오리 길은 넘지 싶고, 콧등에 땀이 송송 솟을 만큼 걷는 것이 안쓰럽던 끝에 아이들도 모르게 새 자전거 두 대를 사다 저들 방문 앞에 둔 적이 있었다.
이마에 땀을 송송 달고 대문을 들어선 아이들.
막내가 자전거를 부럽게 눈으로 가리키고 주인집 아들 이름을 언급하며 말했다.

"아빠. 진수 형 거야?"
"거기 이름표 있네."
"유 은희. 어! 유 은집. 어어!! 어!! 유 은집!!"

아이는 마치 번갤 맞은 듯 두 손을 벌리고서 자전거를 맴돌며 어!! 소리만을 한동안 질렀다.
도저히 믿기지 않는 듯 두 손으로 이마의 땀을 쓸어 올리고 쓸어 올리던 녀석들.

오늘도 아내와 화해는 이루어지지 않았다.

지난 마흔 해 동안 크고 작은 쌈? 언쟁? 다툼이랄까, 쌈 거리도 아닐 이유로 비롯된 냉전에서 늘 일방적인 나의 무릎 꿇음으로 이루던 화해의 공식.

화해? 아니, 그것은 화해가 아니었다.

나의 꼬리 내림은 상납하는 복종이나 다름 아니었다.

아내에게도 여인만이 가지는 촉이라는 더듬이가 예민하게 진동하였든 게다.

이전 같은 종전으로는 재발을 견제할 수 없다는 것을 느끼고 확실한 제압, 초토화를 이루려는 의지 같은 것을 이번엔 느낄 수 있었다.

수일 내에 이루어질 평화가 아니었다.

나는 늦은 저녁 택시 안에서 단이가 내게 주었던 흰 봉투를 조심스럽게 건네주었다.

"잘못 건네 온 것 같아. 금액이 황당하다."

아이가 내게 준 봉투 안에는 경비라고 할 수 없는 큰 금액이 들어 있었다.

일천만 원짜리 자기앞수표가 스물여덟 장.

오백만 원짜리 수표가 두 장.

백만 원짜리 수표가 다섯 장.

오만 원권 지폐가 한 묶음 해서, 삼억 원이었다.

"잘못된 것 아냐."

"뭐? 그럼, 날 매수하는 거니?"

차갑게 경직된 나의 음색에 아이가 더럭 겁먹은 눈을 크게 했다.
황급히 두 손으로 내 한 손을 잡으며 말했다.

"자기야."
"그럼, 대체 뭔데?"

고압적인 나의 언사에 아이가 대번에 뜨거워 보이는 눈물을 그렁그렁 올
렸다.
들릴 듯 말 듯, 힘 빠진 입술 사이로 나온 말.

"당~신 용~돈."
"황당하군. 용돈? 넌, 아무에게나 용돈을 억으로 주니?"
"당신이 왜 아무 냐야~?"
"단아. ~가슴을 몽땅 도려내어 주더라도 널 지켜 주고 싶은, 그래. 내가
널 사랑하는 거 맞다."

아이가 황급히 말을 끊고 들었다.

"미안해, 정말 미안-해.
당신을 사랑하는 맘, 그것밖에 없어.
언제인가 자기가 지인과 이야기하는 것을, 엿들은 건 아닌데, 곁에서 우
연히 들었다?
등짐이 무겁다고.

난, 당신이 등짐을 홀가분하게 내려놓고 편히 글, 집필을 했으면 해.

나, 부자는 아니지만 당신한테 이것만큼은 꼭, 꼭 해 주고 싶었어.

나 쓸 것은 남겼어?

자기야.

응?

응? 응?"

눈에 넣어도 아프지 않을 아이의 응석에 나는 헛웃음을 흘리고 말았다.

아이가 냉큼 허리를 안아 들며 품을 파고들었다.

아내는 목석(木石)이나 다름없었다.

이불 안에서나 밖에서나, 먼저 손을 뻗어 이뻐해 준 일이 없었다.

그녀에게 유일한, 예민한 부분이 있다면 바로 자존심이었다.

어떤 연유에서인지, 여자가 먼저 내색하고 어루만지는 행위 자체를 무척
자존심 상해했다.

아내를 어루만질 때마다 요식 행위처럼, 굴욕적인 면박을 꼭 치르고 나서
야 합궁을 이루었다.

내가 그녀를 사랑하기에 마흔 해를, 그렇게 억지로 이해하며 누르고 살아
왔다.

또, 그녀는 아양이란 단어가 있는지, 무엇에 쓰이는지 알지를 못하는 것
같았다.

이제, 내가 일방적으로 사랑하는 것이 아닌, 오롯이 사랑, 끝없이 받고
만 싶은, 그 불볕 가뭄으로 사십여 년 바싹 마를 대로 마른 가슴에 뿌려지

는 홍 단이의 빗줄기.

그 향기롭고 꿀처럼 달콤한 빗줄기를 내가, 도저히 이겨 낼 수 있을 것 같지 않다.

내게 아내는

돌~산.

돌~산.

돌산.

이내로 가득한 돌~산.

한 번도, 이내를 거둔 일이 없는 돌산.

자존심 강한 가시 잡목으로 가득한 산.

구걸이 비루해 보여야 적선하듯, 옹달샘 한 모금을 내어놓는 돌산이다.

무엇보다,

무엇보다 메아리가 없는 산.

손나팔을 만들어 사십여 년을

사랑해!

사랑해!!

내질러 보지만

메아리 없는 산.

메아리가 없는 산이다.

돌산이다.

돌산이다.

돌~산이다.

그 긴 사십여 년, 한 번도, 내 몸을 먼저 탐해 보지 않았던 아내.
끌어다 잡혀 주어도, 그저 잡고만 있는.
먼저 이뻐하는 것을 무척이나 자존심 상해했다.
단호한 자존심의 돌로 만리장성을 쌓고, 잠자리 대화 걸쇠를 걸고, 그 안
에 꽁꽁 틀어박혀 앉아 있는 아내.
아내가 내게 그랬다.
이 일의 근본적인 원인은 나에게 있다. 그녀는 늘 생각한다.

철저한 무능.
쌀 됫박 제대로 맘 편하게 살 수 있게 해 주지 못하는 그 못난 무능.

재주라야 글줄 쓰는 것인데, 그것마저 무능하였다.
그 옛날, 영화진흥공사와 스포츠 서울신문 공동으로 시행한 시나리오 전
국 공모전에, 내가 드리웠던 곧은 바늘에 걸리어 영화화되며 받은 상금과
각본 대금으로는 내 무능과, 어림도 없는 퉁치기 수작인 것을 나도 충분
히 알고 있다.

이후, 장편소설 『天刑佛』로 한국소설가협회 회원도 되었다마는 그것으로
어찌 쌀가마 값을 마련하는 재주를 부릴 수 있었겠는가?
천성이 시류를 타는 것보다는 맘에서 샘처럼 솟는 맑은 물을 튀기고 노는
것을 좋아하니, 아내에게 절필 소리 면박 받는 것이 어찌 서러울 일이겠

는가?.

해도 그렇지.

집사람에게 서운한 것이 내게도 왜 없으랴.

마흔 해를 아내 곁에서 장편, 단편, 희곡, 시나리오 등을 수없이 써 왔지만, 아내는 단 한 번도 관심을 표한 적이 없었다.

"얼마나 썼어?"

"글은 잘나가?"

"한번 읽어 봐도 돼?"

"뭐 먹을 것이라도 챙겨 줄까?"

비록 쌀이 되는 글쟁이는 아니었지만, 그래도 서방이 하는 일에 그토록 무관심할 수 있을까?

생각이 이에 미치면 공연스러운 설음 같은 서운함이 성난 해일처럼 밀려든다.

그것은 자식 놈들도 같았다.

부러라도, 흘리듯 물어봄직 한 일이 아닌가?.

남편으로, 아버지로, 또 장차 할아버지로 딱히 내놓을 것이 없는 나였으니, 문단에 등단하려고 눈을 까뒤집은 일이, 여느 남편이나, 아버지나, 할아버지와는 좀은 다르고 자랑스럽게 여겨지길 바라는 맘이 어찌 없지 않았었겠는가.

그러나, 아내에게나 자식들에게나, 손주들에게조차도 내게 붙은 문인 호칭은 조금도 자랑스럽지 않은 것이 분명했다.

허긴, 당신 생살을 찢어 고통스럽게 이 세상에 나를 떨구신 어머니도 살아생전 저들처럼 그러하셨으니 누를, 섭섭하다 할 것인가.

새벽 노동 시장에서 잡부 일도 마다하지 않았지만, 그것이 변변할까?.

가장 노릇 변변찮은 지아비를 대신해 삶이 나른한 아내가 그때, 무슨 일로 경비실에서 면회 신청을 했었는지.

아내는, 경비실에서 이승의 끈을 놓고 119 구급차에 실려 가는 서방을 목격할 뻔한 일도 있었다.

그날, 시 변두리 아파트 공사 현장에서 전기 설비 잡부 일을 하고 있었다.

철근 일이 끝난 11층 현장에서 전기 설비 일에 쓰일 자재들, 윈치를 이용해 올리고 있었다.

한여름 햇살이 살인적인 중참이었다.

내 뒤쪽에서, 11층 아래 윈치 기사와 수신호로 현장을 지휘하고 있던 반장의 외마디 비명이 울렸다.

내가 눌러쓰고 있던 밀짚모자 앞 챙이 꺾여 시야를 가리는 것과 동시에,

툭!!

쇠뭉치!!!

윈치 추가 떨어져,

배꼽에 딱 멈추었다.

이 일은 전조에 지나지 않았다.

대문을 열고 출근길에 나선 나를, 검고 긴 외투를 입고, 중절모를 깊이 눌

러쓰고 쭈그리고 앉아, 기다리고 있었던 듯한 두 사람 중 한 사람만이 나를 돌아보았던 꿈을 꾼 뒤, 일이었다.

춘천 문화예술회관 건설 현장에서 일은 그예 일어나고 말았다.

무대 천정 마지막 작업차 오른 이십사 미터 높이.

콘크리트 무대 바닥에 시멘트 벽돌을 쌓아 놓은 위로 떨어지고 말았다.

빠진 손톱을 찌르고 드는 봉합 바늘에 정신이 든 내가, 첫 생각이 드는 것은 허벅지 길이만큼 한 보수용 통로와 철 파이프 기둥 사이에 다리 발판으로 걸쳐 놓은 거푸집 틀을 밟았었다는 기억이었다.

이후, 육 개월에 걸친 병원 생활 중, 여덟 시간 넘는 대수술을 세 번, 그 힘든 병원 수발을 아내 홀로 감당하였다.

그 긴 투병 동안, 고3이었던 여식과 고1이었던 아들을 한 번이나 보았을라나?

모르긴 해도 아내의 뜻이었으리라.

그렇게 아내는 말보다, 행동으로 사랑을 표했다.

힘 있는 황소만을 고집하고 화폭에 담았던 화가의 맘이 내 맘인 것을 뉘라 알까마는--- .

천둥벌거숭이나 진배없는 철부지 같은, 사리 판단을 코앞도 분간할 수 없는, 이내 속에 갇힌 이제까지의 나의 삶을 이제, 그만두고 싶다.

사랑해 달라고, 강아지처럼 곁에 기어들어 배 드러내고 재롱을 피우다 걷어차이는 짓을 그만두고 싶다.

메아리 없는 사십여 년의 그 짓을 끝내고 싶다.

사랑하니까, 내가 사랑하니까, 그깟 메아리가 무슨?

내가 사랑하면 됐지.

내가 사랑하면 됐지.

그렇잖아? 내가 사랑하면 됐지?

사십여 년의 자의적인 좌절, 그 짓을 이제, 그만 끝내고 싶다.

아!

우직하고 지고지순한 것 같은 내 사랑이 겨우 이것밖에, 고작 이것밖에.

재롱들을 하나하나, 시간을 두고 시나브로 거두어들이자.

어느 날, 아내가 여자로 인한 배신감으로 당혹스럽지 말아야 좋을 것 같다.

나의 무능이 미덥지 않아 늘 한 발을 대문 밖에 내놓고 살아온 아내.

밭갈이를 못 하는 황소지만, 짚이라도 한 단 우사에 깔아 주는 것이 인지상정이련만.

해도, 가장인데, 남 눈치도 보이련만, 내 입성엔 전혀 관심을 두지 않았다.

바지에 줄 세워 준 일 없다.

뿐인가, 와이셔츠 또한 다림질 못 한다는 핑계를 당했다.

흰 셔츠 또한 땀과 때가 찌들어 보기 흉하니 한 번쯤 손빨래로 푹 삶아 줬음도 하지만.

그래, 내가 아내를 사랑하니 됐다.

늘, 한결같이 후줄근한 입성이면 어떤가.

내가 아내를 사랑하면 됐지 싶다.

쓰단 말 한번 없이 그렇게 살았다.

내가 아내를 사랑하니까.

밥상도 그랬다. 아내는 국 없는 밥을 먹는다.

난, 국 없이 밥을 먹어 본 일이 없다.

사십여 년, 생일상 미역국 말고는, 그래도 좋다.

내가 아내를 사랑하면 됐지.

술과 담배를 가르쳐 준 어른이 없어 대인 관계에 딱히 야속해 할 일은 없었지만, 물 위 기름처럼 겉돌아 치는 것이, 못난 황소에 보탬이 되었다.

거기에 또 설상가상, 적록 색약자라 더 했었지 싶다.

관민 취업 응시 자격에, 신검에서 최우선 탈락 순위였다.

나는 언제부터인지, 아내와 세 마디 이상의 말을 섞는 것을 꺼려 했다.

그 귀결은 꼭, 돈 못 버는 무능으로 내게 귀착이 되어서였다.

아내가 밖에서 일하며 스트레스라도 받은 날, 잠자리에서라도 걸리면 난 여지없이 걸레 빨리듯 자존심을 비참하게 몽둥이질 당하며 비벼지고 말았다.

남자에게서 참기 힘든 자존심을 꼽으라면 그 첫째가 돈 못 버는 무능과 그것이 제구실 못하는 것 아닌가?

아! 그것을 모욕당하며 비참하게 거절당하는 것도 헤아릴 수 없이 다반사였다.

그럴 때면 난, 자존심을 세워 보려고 섣부른 대거리를 못 한다.

억지로 자존심을 세우려다간 갈라설 각오나, 손발 동원하는 쌈밖에 더 있었겠는가.

곱게 헤어지면 서로 좋은 맘으로 기억될 것을.

말쌈 또한 내가, 도저히 당할 재간이 없다.

이럴 때 내가 할 수 있는 유일한 일이, 등지고 돌아누워 소리 없는 눈물을 죽 흘리고 마는 일과, 온 밤을 쓰잘 데 없는 상념으로 밝히는 일이었다.

그런 나와는 상관없이, 속 풀리게 몽둥이질 맘껏 한 아내는 콧바람을 풍풍 내며 잠을 자는 것으로, 비참함이 서늘하게 흐르고 있는 내 등을 이제껏 고맙게도 지켜 주었다.

그래도, 내가 아내를 사랑하니까….

서운함과 분노를 이겨 낼 수 있었다.

선천적으로 체질이 까마귀 탓인지 돌아서면, 어두처럼 곧 잊어버리는 탓에 사십여 년, 그 짓을 되풀이했다.

내가 아내를 사랑했기에 아무래도 상관없었고, 좋았기 때문이었다.

아내가 뿌려대는 들깨 같은 잔소리를 듣는 순간, 아!-- 내가 지금, 살아 있어 하늘을 담는다.

그래도 어찌 되었건, 내가 아내를 사랑하니까 됐다.

내가 사랑하니까 됐다.

그리 감싸 안고 마흔 해를 살아왔다.

원고지 칸을 메운답시고 이따금 아랫사람들이 결혼에 대한 삶의 지혜를 구하면 끝에, 다이아몬드 같은 축사를 해 준답시고 지껄인 것이 있었다.

"부부는 서로에게 절대 자존심을 지켜서는 안 돼.
자존심을 지키는 순간부터 두 사람 사이에는 마르지 않는 강물이 흐르기 시작하네."

염병하게도 행하기 어려운 그 말을 내가 마흔 해를 지켜 왔다.
내가 아내를 사랑했으니까, 당연히 그래야지 싶었다.
헌데 요즘엔 또, 이렇게 대답하고 이야기한다.

"내가 사랑하는 사람과의 결혼은 곧 불행의 시작.
나를 사랑해 주는 사람과의 결혼은 곧 행복의 시작."

참, 얼마나 웃기는 이야기인가.
해서, 나는 마흔 해를, 객관적으로 짚어 봐도 하지 않은 잘못을 아내에게 무릎 꿇어 빌고 살아왔다.
무엇보다, 서늘한 집안 공기를 내가 도저히 이겨 내지 못해서였다.
내가 아내를 사랑하니까 그래야 하지 싶었다.
요즘은 이따금, 택시 일을 하다가 말고 불현듯 아이들 어린 시절이 생각나며 그때 모습들이 그렇게 행복해 눈물이 절로 죽 흐르는 울보가 됐다.
늙어 가는 증상이다.
아니, 시나브로 이별을 준비하고 있었던 것이었을까.
생각만 하여도 눈물이 절로 나는, 목숨처럼 사랑하는 두 아이다.
한세상 살면서 남자 여자가 어찌 드센 물바람, 눈바람 한번 만나지 않겠는가.

그것을 이겨 내는 것은 저마다의 가슴에 세운 가치의 뼈 때문이다.

나는, 내 목숨처럼 사랑하는 자식들을 제 몸속의 피와 살과 뼈를 열 달 나누어 준 것도 모자라, 자기 생살을 찢어, 내 품에 안겨 준, 그 하나만으로도 평생을 업고 살아야 할, 아내라고 생각한다.

그렇게, 마흔 해를 가슴 기둥으로 세워 가슴이 무너지는 일을 막았다.

춤과 노래는커녕, 잡기도 하나 없는 내다.

자세 무너질 술 또한 멀어, 개자지 면할 일이 수월키는 했었지 싶다.

어느 때 시나브로 싹이 트였는지, 오로지 사랑만을 받고 싶은 불볕 같은 가뭄이 마흔다섯 해를 바싹, 마를 대로 말라 터진 가슴에 뿌려지는 홍 단의 빗줄기가 어찌 꿀맛이지 않았겠는가.

어찌, 바로바로 게걸스럽게 빨아들여 가슴이 온통 아이로 흥건하지 않겠는가.

나는 아내와 이별을 결심한다.

홍 단, 그녀가 내게 숨기고 있는 불치병이 가슴을 저며서가 아니다.

아이가 내 유년 시절의 첫사랑, 소꿉 각시로 가슴이 아리게 가득 차 있다.

험한 길을 걸어 걸어 저승에서 이승의 내게 힘들게 왔다.

가을로 접어든 퍽퍽하고 볼품없는 나를, 누구도 감히 상상하기 힘들 만큼의 크기로 사랑하고, 아이가 간절히 원하고 있다는 사실에 가슴이 격하게 절절하다.

내 엄지와 검지 사이에서 느껴지던 아이의 진땀에서 생살을 저미고 드는

김승섭 장편소설 소꿉각시

고통과 아픔 같은 것을 느꼈다.

몰래 주머니에 넣어 두었던 비타민C 한 알.

약국을 운영하는 지인에게서 시한부 말기 암 환자들에게 투여하는 마지막 진통제라는 것을 알았다.

나는 무너지는 하늘을 떠받쳐 들고 결심했다.

나를 찾아 환생하여 험한 길을 걸어오며 삶이 뭉텅 빠져나간 아이의 텅빈 가슴에, 그토록 간절히 원하는 나를 오롯이 가득 채워 넣어, 볕의 아름다움과 따스함을 느끼는 데 손톱만치라도 도움이 된다면, 내 망설일 이유가 전혀 없다고 말이다.

홍 단이 제 아픔을 내게 보이기 싫어하듯, 나 또한 내색하지 않기로 마음먹었다.

시나브로 아내와의 이별을 준비하고 있다.

나를 행복하게 해 주었던 아이들의 어린 시절이 시도 때도 없이 눈물을 올리고 이제, 아내를 처음 만나 사랑하고 행복해했던 그날들이 두서없이 떠오른다. 🪽

☙ 이별

"언니야. 나, 오늘 저녁에 떠나. 그이가 결심했어."

홍 단은 차탁 앞에 마주 앉은 언니에게 말했다.
손을 덥석 잡으며 대번에 굵은 눈물부터 쑥 빼는 언니, 사지로 보내듯 바라보며 어찌할 줄을 몰라 했다.

"언니야, 이러지 말랬지? 내가 죽으러 가니?"

홍 단은 말을 그리해도 솟아나는 눈물을 버려둔다.

"화장대 서랍에 이 집 등기권리증 있어. 언니 앞으로 했다. 그리고, 그래, 전활 변기통에 넣어 물을 내려 버렸어. 무슨 뜻인지 알지? 그만 울어라! 죽으러 가니?"

자매는 말없이, 한동안 얼굴을 떨구고 눈물만 흘렸다.

"약은 챙겼니?"
"어."

홍 단은 눈물 끝을 훔치며 미덥지 못하게 답했다.

"보자."

홍 단은 크지 않은 가방을 열고 짙은 밤색의 유리병을 슬쩍 들어 보인다.
언니가 의심스러운 눈빛을 보이자 살짝 흔들어 소리를 냈다.
그래도 미심쩍은 듯 손을 내밀어 달라고 한다.
뚜껑을 열어 내용물을 확인하고서야 마음이 놓인다.

"몇 알?"
"천."
"그분이 부탁한 것은 샀어?"

홍 단은 가방 속의 봉투를 비스듬히 벌려 내용물을 보였다.

"양말, 잊지 않았어?"
"내 것이라면 몰라도 그이 것을 어찌 잊나?"
"망할 년! 네 옷을 너무 적게 꾸린 것 아냐?"
"게서 살며 꼭 필요한 것만 하나하나 사려고."

홍 단은 차탁 위로 손을 뻗어 언니의 손을 따스하게 잡는다.
자매의 눈에서 누가 먼저랄 것도 없이 눈물을 올렸다.

"너를 봐도 안쓰럽고. 그분을 봐도 안쓰럽고. 어떻게 해? 언제까지 그렇게 숨길 수 있을 것 같니?"

"그이 품에서 숨을 거둘 때까지.

그분 곁에서라면 누가 사지를 떼어 가는 고통을 줘도 눈 하나 깜짝 안 하고, 참을 수 있어 언니.

살아 있으니까 사랑도 주고받고 하지 죽어선 주고받고 싶어도 못 해.

우린 지금 주고받을 수 있으니까 너무 행복하다 언니야.

언니. 형부 많이, 많이 사랑해 줘. 사랑할 수 있을 때가 행복한 때라니."

택시는 팔호 광장 오거리 교통 신호를 받아 보도 정지선에 멈추었다.

"알곡 여물기 딱 좋은 볕이야."

방금, 불편한 다리를 끌고 겹게 승차한 노인이 창밖의 가을볕을 내다보며 어눌하게 혼잣말했다.

"어르신. 올해 춘추가 어떻게 되세요?"

"아흔셋."

"몸도 불편하신데 뭘 그렇게 무거운 것을 들고 다니세요?"

"약 받으러 나온 길에 먹을걸….

아! 그 썩을 놈들이 잘못해 이렇게 고생하지."

"누가요?"

"병원."

노인은 병원을 생각만 해도 역정이 치솟는지 뒤쪽을 돌아보고는 여전히 어눌한 말투로 언성을 높였다.

광판에서 설악으로 넘어가는 산길은 비포장이었다.

밤 열 시가 넘어가는 산길엔 가로등 대신 작아지고 있는 반달 빛이 초라했다.

나는 승객을 하차하고 산길을 되넘어 오다 참을 수 없는 소피를 해결했다.

넘어오면서 보아 둔 우람한 낙엽송이 있다.

경사로 커브 길에 떡 버티고 있어 마침이다.

나는 아내에게서 그저 평범한 실종이 아닌, 철저하게 기억 상실에 의한 실종으로 유추되기 위해 만반의 준비를 했다.

그것이, 여자로 인한 배신감의 고통으로부터 아내를 보호할 수 있는 최소한의 예의 아니, 꼴 같지 않겠지만, 마흔 해를 살 섞으며 살아오며 내 목숨과도 같은 두 자식으로 인한 출산의 고통과 더불어, 삶의 박토를 고통스레 헤집게 만든, 우습지도 않은 최소한의 양심적인 배려라고 생각했다.

당치도 않지. 배려라니?

해서, 내가 행하고 있는 이 이별 극이, 아내만큼은 절대로 여자 문제로 유추되어서는 안 되었다.

황소 같은 생활력이 없거나, 불뚝 성질을 참지 못해 수시로 쌈질을, 허구한 날 주사로 폭행을 일삼고, 투전판을 잠자리 삼는 등의 일로 맘 상처를 주는 한이 있어도, 여자로 인하여 맘 고생하는 일만큼은 없게 하는 일이, 하~ 많은 날들을 사랑한 아내에 대한 최소한의 예의라고 생각했다.

혹여 아차, 여인의 향기 속에서 허우적일지언정 그 누구도, 불알친구라도 모르게 하여야 할 일이 아니던가.

내가 예약된 광판으로 손님을 태우고 출발하기 전에 공중전화로 홍 단에게 예상 시간을 일러 주었다.
단이가 지금쯤 약속한 대로, 모래재 너머 광판으로 가는 갈림길 갓길에 Jeep를 세워 놓고 나를 기다리고 있을 것이다.
소등한 차 안에서 저기 어디쯤 오고 있을 나의 모습을 애타게 찾으면서 말이다.

지난주, 아이의 명의로 주황색 Wrangler 4 door 소프탑 Jeep를 샀다.
이제, 홍 단과의 동행 전면에서 그녀가 나를 보호해야 했다.
신원을 확인하여야 할 일들은 모두 단이를 앞에 세웠다.
손전화가 그랬고, 신용카드와 체크카드가 그랬으며, 모든 예약을 그리했다.
뿐인가, 운전 역시 낮으론 단이, 밤엔 내가 할 것이다.

왕래가 한적한 어둠 속에서 얼마나 두려울까?
마음이 다급해진다.

나의 신분을 유추할 수 있는 그 어떠한 것도, 출근길에 지니지 않고 집안 여기저기에 부러 두고 나왔다.
전날 새벽 늦게까지 일을 하고 귀가한 터, 늦잠 자고 서두르는 통에 지갑이며 손전화 등을 이층과 아래층에 흘려 두고 챙기지 못한 것으로 여겨질 수 있게 말이다.

지갑 속엔 주민등록증과 운전면허증 신용카드와 체크카드에 택시 운전
자격증, 국가유공자 유족증, 지체장애 6급 복지카드, (사)한국문인협회
소설분과 회원증에 명함 몇 장과 강원복지 교통카드가 들어 있다.

몇 장의 지전도 함께 들어 있다.

통장 속의 예금도 건드리지 않았다.

이별 준비는 그렇게 마무리되었다.

택시를 움직였다.

급하지 않게 우측으로 넘어가는 산길 가로수를 전조등이 더듬으며 속도
를 높이고 있다.

차는 원심력을 벗어나듯 넘어가, 앞서 보아 두었던 낙송을 브레이크 자국
을 슬쩍 남기며 정면으로 추돌시켰다.

부러, 안전띠를 착용하지 않은 나는 핸들을 타고 넘으며 이마 위 두부로
앞 유리창을 들이받았다.

유리창에 균열이 생기면서 망사 주머니처럼 밖으로 부풀었다.

이마에서 죽~ 흐른 혈흔이 남았다.

몽둥이로 심하게 가격당한 듯 멍한 의식이 한동안 지속되었다.

나는 흩어진 동전과 지전들을 그대로 두고, 운전석 문을 활짝 열어 놓은
채 차를 떠났다.

차는 냉각수가 터진 듯 김을 피우며 전조등을 숲에 비추고 있었다.

차 안의 CCTV 카메라는 아침결에 이미 기능을 꺼 두었다.

두려움 속에서 나를 기다리고 있을 홍 단에게 어서 가야 했다.

시간이 좀 더 걸리더라도 CCTV 카메라를 피해 논두렁과 밭두렁, 개울을 건너야 했다.

해 넘어가기 무섭게 기온이 떨어지는 산간 지역 특성이 홍 단을 더 안쓰럽게 하고 있을 것이었다.

차 안의 전후좌우 차창 유리에 뿌옇게 서리는 김들을 손가락으로 연신 지워가며 내 모습을 찾고 있을 것이었다.

약속 한 시간에서 벌써 두 시간을 훌 넘어가니 아이의 얼굴이 불안으로 곧, 울 듯하지 않을까 싶다.

가로등이 밝혀져 있는 곳은 십중팔구 보안 카메라가 시퍼렇게 눈을 뜨고 있을 것이다.

나는 할 수 있으면 지나는 차량과 행인들을 피해 몸을 숨겼다.

약속 시간을 훌 넘겨서 홍 단이 기다리고 있는 주황색 Jeep를 멀리 내려다볼 수 있었다.

내가 좀 더 다가가고서야, 조수석 문이 벌컥 열리고 아이가 내렸다.

단이가 죽을힘을 다해 오르막길을 뛰어와서 내 허리를 끊을 듯 안고 소리 내 엉엉 울었다.

우는 아이의 얼굴을 두 손으로 감싸들고 격하게 입술을 포개었다.

나는 조수석 문을 열어 놓고 걸치고 있는 옷과 속옷을 모두 벗었다.

아이가 준비해 온 옷으로 모두 갈아입고 양말과 신발마저 바꾸었다.

벗은 옷가지들을 검정비닐 봉투 속에 넣어 차 뒷좌석에 던졌다.

목적지로 내려가는 어느 길가에 서 있을 의류 수거함에 넣을 것이다.

내비게이션의 목적지를 낙산사 비치 호텔로 입력하였다.

자동 기어 레버에 손을 얹고 있는 팔을 끌어안고 머리를 기대어 오던 홍단은 혼잣말처럼, 들리지 않을 듯 말했다.

"나, 너무너무 무서웠어. 자기가 나 버린 줄 알았어."

그녀가 자지러지듯 팔에 힘주었다.

"지금 나, 세상 그 무엇도 부럽지 않다?"

우리는 얼추 새벽 두 시가 되어서야 뜨거운 샤워로 노독을 씻어 내고 해변으로 면한 테라스를 통해 조용한 바다를 볼 수 있었다.

내 이마 바로 위, 두부가 조금 터져 피가 엉긴 것을 다행히도 단이가 알아보지 못하였다.

아이의 시선이 미치지 않도록 애쓴 보람이 있었다.

머리카락 속이라 더욱이 알아볼 수 없었을 것이다.

오늘 하루, 이 사람이 나를 기다리며 얼마를 노심초사하였으면, 어깨 품에 안기어 농익은 수밀도 내음을 터트린 혀를 내 입안에 가득 밀어 넣다 말고 잠이 들었겠는가?.

지금쯤, 아내는 뜨기 힘든 눈을 비비고 일어나 내게 손전화를 연결하고 있을 것이다.

"왜, 안 들어와?"

잠에 잔뜩 눌린 목소리로 귀가를 채근하기 위해서 말이다.
아내는 얼마 안 있어 이 층에서 울리고 있는 수신음, 바흐의 파이프 오르간 곡 「토카타 엔 후가」를 어렴풋이 듣겠지.

원목 책상 위에서 손전화를 들고 내려와, 뭔가 모를 불안한 눈빛으로 커튼을 슬쩍 들춰 밖을 내다보며 거실을 서성이겠지.
원목 차탁 위에서, 보다가 던져 놓은 신문지에 덮인, 내 신분증들이 들어 있는 반지갑과 명함 지갑을 발견하게 될 것이다.
전날, 새벽까지 일한 내가 늦잠을 자고 일어나, 서두르다 모두를 잊어먹고 출근한 것으로 충분히 유추될 것이었다.

아내 또한 이른 출근을 위해 공연스러운 불안을 떨어 버리고 잠을 청하려 들겠지만, 꼬리를 물고 날카롭게 일어서는 불안 기운에 남은 밤을 밝힐 것이 분명했다.
아내의 그 마음이 대낮처럼 뻔히 보이는데 난들 어찌, 아이처럼 잠이 들 것인가.

토막잠으로, 이불처럼 덮어 오는 여명을 맞았다.
나와 단인 샌드위치와 블랙커피를 룸으로 부탁해 간단하게 때웠다.

한 시간 남짓 낙산 해변을 산책했다.

내 어깨 품에 붕긋한 가슴을 붙이며 무척 미안한, 낮은 음색으로 단이가
말했다.

"자기야~ 미안해."
"뭐가?"
"나 잠들어 서운했지?"
"나 때문에 얼마나 애끓었음, 그 상황에 잠이 다 들었겠어?"
"지금 나 놀리는 거지?"
"놀리긴? 안쓰럽기만 한데. 단아."
"응."
"사랑해."

나는 팔에 힘을 주어 어깨 품에 단일 더 끌어들였다.

"자기야. 우리 오전을 채우자. 응?"
"체크아웃했어."
"또 체크인하지 뭐. 나 지금 자기 가지고 싶어. 응?"
"단. 우리 바다 위에서. 응? 그러려고, 카페리 특실을 예약했어."

홍 단은 대답 대신 힘주어 허리를 안았다.

우린, 배편이 예약된 부산으로 가기 위해 해안 도로로 들어섰다.

지금쯤, 지나던 어떤 이의 신고로 경찰이 택시 주변을 살피고 있을 것이고 회사 견인차도 떨어져서 있을 것이다.

아내는 거실에서 안절부절 전전긍긍 어찌할 바를 몰라 찬물만 벌컥벌컥 마시고 있을 것이다.
신랑의 손전화가 있으나, 무용지물이나 다름없다.
지문 잠금이니, 손전화를 작동할 수 없고, 연락해 볼 지인이며, 회사와 통화할 수 없어, 속수무책이다.
택시가 견인차에 끌려와 회사 마당 한 곳에 놓이고, 기사의 실종이 동료들의 손전화를 통해 삽시간에 돌았을 것이다.
부상일 것이 분명한 기사와의 통화는 물론 자택 전화로도 불통인 것에 당혹스러운 노조 위원장이 기사의 안사람이 근무하는 곳을 알아, 그곳으로 서둘러 동료들과 출발할 것이다.

아내는 자신이 해야 할 일을 서둘러 해 놓고 택시 회사로 가 볼 생각으로 정신없이 계단 빗질을 하다가 위원장 일행을 맞을 것이 분명했다.
아내는 날벼락 같은 소식에 얼굴이 사색으로 변할 것이다.

걸을 힘도 없는 몸으로 사고 차량을 둘러보며 신랑의 실종에 대한 참고인 조사를 경찰로부터 받고 정신이 아스라이 멀어지는 현실을 느낄 것이다.

"여보. 내가 참으로 미안하다."

나는 단이 모르게, 수도 없이 고장 난 테이프처럼 속으로 되뇌며 뜨거운 눈물을 폐부로 흘리고 있었다.

이것이 어르신들이 말하던 그 피눈물일까?.

운전하는 단이 곁에서 난, 두 귀가 맞창 나서 그저 멍하니 차창 밖으로 흐르는 풍광을 건성으로 응시하고 있다.

그런 내 심사를 눈치챈 단인, 굳게 입을 다물었다.

이따금 쉼터에서 손을 잡아 주거나, 앞뒤에서 안아 주었다.

사고 현장에 도착한 아내는 전경들과 인근 주민들이 합심하여 실종된 기사의 행적을 수색하는 현실에서 온몸이 빠직빠직 타들어 가고 있는 몸속의 산불 같은 불길로 가슴을 저미고 있을 터인데.

경찰의 수소문해 입회한 승객의 증언에서도 사건의 실마리가 될 단서는 단연코 없을 것이다.

몸은 단이 곁에 있었으나, 해안 도로를 내닫고 있는 주황색 Jeep 뒤쪽에 던져진 옷 짐과 다름없는 심정으로 내가 실려 있다.

지금쯤, 경찰은 주변과 진출입 도로를 중심으로 CCTV 녹화 자료를 수집하고 있을 것이다.

택시 안에 흩어져 있는 동전과 지전 외에 사고 현장 수색에서 특별한 흔적을 발견하지 못한 수사팀은 마지막으로 CCTV에 의존할 것이나, 시내에서 진입하는 택시의 흔적 외엔 별 무소득일 터.

블랙박스 장착된 곳이 하필, 실내 거울에 가려 있어 그것 또한 차내의 이렇다 할 단서를 제공하지 못할 것이다.

아니지, 내가 일을 시작하기 전에 블랙박스의 기능을 꺼 버렸어, 메모리 칩마저 폐기했다.

실종된 택시 기사 유 의태의 유일한 흔적이라고는 차 전면 유리에 남은, 두부 충돌에 의한 혈흔과 말라붙어 있는 머리카락뿐.

흉한 사건의 실종이 아니길, 아내는 수도 없이 법문을 염할 것이다.

나는 암소 엉덩짝에 붙은 진드기처럼 사랑의 도피 행각을 행하고 있다.

단이가 쉬어 가자며, 바다가 내려다보이는 쉼터에 차를 들였다.

푸드 카에서 커피를 사 들고 온 그녀가 조수석 문을 열고 내게 커피를 내밀었다.

"고마워. 내가 사 왔어야 했는데."

단이가 커피 건네준 손을 펴 내 가슴을 따스하게 짚고서 말했다.

"아파?"

홍 단의 따스한 음성 때문일까, 갑자기 가슴속이 한없이 초라해지며 서러워지고 두 눈꼬리에서 알 수 없는 뜨거운 눈물이 대구 솟아 볼을 타고 죽~ 흘렀다.

그녀가 내 커피를 가져다 바다를 향한 의자에 자기 것과 놓았다.

내 손을 끌어 차에서 내리게 하고는 한참 동안, 말없이 가슴을 따스하게 안아 주었다.

"떨어뜨린 유리그릇인 줄 알고 있어. 그 사람에게 너무너무 미안해서."

아이가 소리 죽여 울었다.
나의 울음과 폭포 같은 눈물도 염치없이 거기 섞여 흐르고 있다.
난 그저, 아이의 등짝만을 달래듯 토닥였다. 🌿

🌸 초야(初夜)

우린, 예정된 승선 시간보다 서너 시간 이르게 부산항에 도착했다.

남은 시간을 자갈치 시장 활어와 건어물, 생선구이 통로에서 보냈다.

활기찬 국제 시장을 주전부리하며 활보도 했다.

무엇보다도 단이가 좋아한 것이 어두운 구름 걷힌 내 얼굴인 듯, 머쓱 웃음을 올릴 때마다 장소 불문하고 따스한 손바닥으로 어루만졌다.

나는 승선 시 신분을 확인할 신분증이 없어 Jeep 화물칸, 잡다한 짐 꾸러미 속에 묻히기로 했다.

물론, 승선 예약은 특실 2인 침실로 했다.

아이가 운전하여 카페리에 올랐다.

배가 부두를 떠난 후 반 시간쯤 후에 물건을 찾는 듯, 그녀가 오기로 했다.

사십여 년을 살 섞어 쌓은, 곱고 미운 정이 어찌 하루아침 파도에 쓸리는 모래톱 같을 수가 있겠는가.

지금, 아내는 터놓고 가슴이 활활 타지도 못하고 왕겨 불 속처럼 타고 있을 것에 내 속이 쓸리다가 깜박 잠이 들고 말았다.

홍 단의 입맞춤으로 깨어난 나는 달콤하게 밀려드는 아이의 혀끝에, 나의 실종으로 아파하고 있을 아내가 몸 밖으로 밀려 나가는 것을 의식하지 못했다.

우리는 속옷이 담긴 작은 가방을 들고 특실로 돌아왔다.

그녀는 그새, 와인과 장미꽃으로 차탁을 어우러지게 차려 놓았다.

주먹만큼 한 왕초 하나를 밝혀 불꽃이 놀게 하였다.

홍 단의 뜻대로 난 몸부터 씻는다.

아이는 미리 씻고 단정히 머리채를 꼭지 틀어 쪽 머리를 묶고 있었다.

그녀의 농익은 살 내음이 혀끝에서, 온 입안에 감미롭게 알코올처럼 번지던 것이 이제 기억난다.

단이가 나의 가운을 들고 좁은 샤워 박스에 들어와, 내 몸을 씻어 주고 싶어 했다.

몸을 씻기면서 나의 것은 체면도 없이 들고일어나 신두(神頭) 끝에서 불꽃놀이를 아프게 하였다.

싫다는 아이의 몸을 씻어 줄 때, 그것은 더욱 발악을 떨듯 드세게 불꽃을 터뜨렸다.

우리의 초야를 예견이라도 한 듯, 사각 유리창 턱에 올려놓은 휴대폰에서 베토벤의 월광 소나타 일 악장, 「Adagio sostenuto」가 달빛처럼 흐르기 시작했다.

나는 그녀의 뒤에서 한 팔로 허리를 감싸 안고 또 한 손으로는 와인잔을 들었다.

우리는 초야를 자축하는 두 유리잔의 맑은 소리를 달빛 속에 흘렸다.

초야(初夜)

바다 위의 보름달 빛을 교교히 일렁이고 있는 사각 유리창이, 두 덩어리의 나신이 하나 되어 참 우윳빛으로 뜨겁게 섞이고 있는 것을, 적나라한 유화로 붓질하고 있었다.

단의 내밀한 정원 속에 오롯이 숨겨진 우물에서 뜨거운 물이 막~ 넘치기 시작했다.
거의 메말라 있었을 그 우물 속 바닥 어디에, 꼭꼭 숨어 있었던 분홍빛 우물물들이 누구도 모르게 시나브로 차올라 있었던 게다.

그녀의 살들이 내 손끝에서 깨어나 꿈틀거릴 때마다 수줍게 깨어난 진분홍의 우물물들이 조금씩 조금씩 넘치고 있었다.
단의 목을, 분홍 물들이 배고도 모자라 얼굴을 발그레 촉촉하게 적시고 있었다.
그 분홍의 촉촉한 윤기는 차탁의 촛불 빛을 받아 신비로운 기운으로 더 어른거렸다.

그녀의 뜨거운 손에 대뜸 끌어 잡힌 인두가 화들짝 놀랐다.
인두는 만 년을 가물은 사막의 모래라도 되듯, 단이의 손바닥에서 솟아나는 분홍 물, 게걸스럽게 핥아먹었다.
화덕 같은 그녀의 손바닥은 더할 것 없이 인두를 달구어 냈다.
인두 끝에서는 불꽃놀이 하는 하늘처럼, 불꽃들이 정신없이 사방으로 터졌다가 사라졌다.

넘쳐흐르는 단의 우물은 이제, 내밀한 정원까지 흥건히 적시고 있었다.

분홍 우물물 용출구(湧出口)일까, 완두콩만큼 한 그녀의 여의주(如意珠)는 솟구치는 물을 감당하지 못해 터질 듯 부풀어서 잔뜩 성이나 있었다.

한입 안에 모두 들어온 그녀의 우물이, 거친 나의 혀를 허겁 빨아들여 옥죄듯 감아쥐며 정전기를 일으켰다.

그렇게 감전된 전류는 인두 끝에서, 그녀의 입안에 가득한 번개가 되었다. 내 목을 얼싸안은 단의 숨결이 가늘게 떨며 걷잡을 수 없는 불길로 온몸을 감았다.

그녀의 인도로 젖은 우물가에 급하게 도착한 인두 끝이 그만 미끈, 미끄러지고 말았다.

그 바람에 두레박줄을 놓친 인두는 그만 깊은 우물 속으로 훅 떨어지고 말았다.

순간, 그녀의 목이 뒤로 퍽 꺾어지며 쩍 벌어진 입안에서 억눌린 밤꽃 숨결이 바르르 넘쳤다.

가득 차오르고 있던 우물물도 그 바람에 쑤~욱 넘쳤다.

내가 두레박줄을 잡고 우물을 빠져나오려고 발버둥을 칠 때마다 뜨거운 우물을 토해 내는 그녀의 숨결이 컥컥 막히고 있다.

번개에 꽂히면, 전기의 구 할(割)이 도체(導體)의 표면으로만 흐른다는 것이 참으로 옳았다.

내가 우물을 빠져나오려고 진분홍의 여의주를 인두에 이고서 허우적이며 기를 쓰고 발버둥을 칠 때, 그녀는 여의주에 고스란히 번개가 꽂혀 활활 타오르느라 뜨거운 우물물을 마구마구 토하였다. 그리고 번개는 온통 살갗으로만 퍼져, 뇌천(腦天)으로 한꺼번에 몰려가 불꽃처럼 아니, 활화산으로 터지고 말았다.

한동안 숨도 쉬지 못하게 말이다.

내가 더는 허우적일 힘이 없어 모든 것을 포기하고, 깊은 우물 속으로 푹 가라앉고서야 각시가 꽉 막혔던 숨을 한 번에 토해 냈다.

소꿉 각시와의 아름다운 초야는 Allegretto에서 Presto agitato로 끝났다.

우리가 숨을 고르고 있는 공간의 밀도는 깊고 깊은 심해 속 같았다.

우리의 초야를 축하하듯, 사각 유리창 밖의 바다는 보름달 빛을 교교하게 일렁이며 자석처럼 부둥켜안고 있는 우릴, 둥개-둥개 하였다.

배는 제주도를 향해, 무적 항모가 되어 꿋꿋이 가고 있었다.

거기, 단이와 둥지 틀 볕 따스한 곳이 있을 것이다. 🐝

✿ 둥지

우리는 사람들의 시선에서 먼, 한라산 남쪽 산간 원시림 속, 동백나무숲에 둥지를 틀었다.

해안이 내려다보이는 작은 펜션에서 한 달여 묵으며 둥지를 위탁 수리했다.
서귀포시 부동산 업자의 말을 빌리면, 해발 팔백여 미터 위치한 그곳은 오래전 화전민이 거주하던 곳이라 했다.
십수 년 방치한 터라, 잡풀이 사람을 숨겼다.
거주하기 위해선 당장 보수가 필요한 집이었다.
이백여 평의 텃밭을 앞에 두고, 천칠백여 평의 동백나무숲을 이불처럼 두르고 있다.

집 앞으로는 수세(樹勢) 좋은 서너 그루의 왕벚나무 사이로 서귀포시 앞바다가 드넓게 품을 벌리고 있다.
뒤뜰 동백나무숲 너머로는 한라산이 포근하게 보금자리를 보호하듯 병풍처럼 두르고 있다.
서귀포시와 멀리 떨어져 있는 탓에 값도 헐해, 바로 구매하고 주택 보수 업자까지 소개받아 한 달 가까이 많은 품을 들여 집을 새로 짓듯이 보수했다.

암회색의 다공질인 현무암을 주재료로 한, 돌집으로 수리하고 바로 입주하였다.

아이와 이곳에 보금자리를 마련한 것이 햇수로 2년이 되어 온다.
두 번 맞는 봄이 저만치 오고 있다.
텃밭에 심어 놓은 사십여 그루의 감귤나무가 작년까지 몸살을 끝내고 새순들을 내놓았다.
이즘, 부쩍 모습이 까칠해진 홍 단이 수시로 들여다보며 사랑을 각별하게 쏟았다.

비타민(그녀가, 말기 암 환자용 진통제를 지칭함)을 먹는 알 수와 횟수가 늘어났다.
그만큼, 무척 더 힘들 터인데도 내 앞에서 한 번도 내색하지 않았다.
나를 이승에 남겨 두고 되돌아서면서도 말하지 않을 심사가 분명했다.
나 역시 그 문제에 대해서는, 모르는 듯 내색하지 않는 것이 단이의 심사를 위해서 옳다고 생각했다.

그녀의 하루는 온전히 나의 하루가 되었다.
언제부터인지 모르겠으나 사지에 힘이 줄어, 나의 손을 빌려서야 단장을 했다.
내 몸의 시간표는 시나브로 홍 단과, 맞추어 움직이고 있다.
늘 그녀보다, 일각 일찍 일어나 제일 먼저 하는 일, 집 안의 온도와 습도를 확인하여 유지하는 일이었다.

무엇보다 단인, 감기가 들어서는 아니 되었다.

아이의 이마에 송송한 땀을 면 수건으로 찍어 내고 있자면, 인형처럼 눈꺼풀을 올려 보며 엷고 부드러운 미소를 온 얼굴에 사랑스럽게 펴 준다.

"이녁. 잘 잤남?"

그녀가 나의 뒷목을 끌어다 감미로운 입맞춤으로 답하였다.
가슴을 안아 일으켜 주어서야, 입술을 귓가에 가져가 사랑한다는 속삭임을 늘 했다.

"사랑해."
"나도. 이녁 세안해야지. 조심히 일어나자. 어~차."

단일 아이처럼 인도해 세면장으로 갔다.
칫솔을 꺼내 치약을 짜려 하자 아이가 냉큼 빼앗으며 말했다.

"저리 가. 아이 씻기듯 그래. 이 정도는 내가 할 수 있다 뭐? 바보냐?"

양치하던 그녀가, 온수를 틀어 세안 물을 받으려 하던 내 손을 잡고 말했다.

"아~잉. 싫다니까? 가. 가."

칫솔을 빼고, 입안에서 치약 거품을 뻐걱거리며 내게 손 물을 떠 뿌렸다.

"여기."

나는 수건을 단이 목에 던지듯 걸어 놓고 주방으로 도망갔다.
단이는, 내가 자신의 아픈 몸 상태를 알면서도 모르는 척하고 있는 것을
진작, 오래전부터 알고 있었으나 내 속마음을 헤아려, 본인도 모르는 양
했다.

아침은 가벼운 샌드위치로 준비했다.
먼저 계란 지단을 만들고 함초와 적색 양파, 취나물 등, 제철 야채샐러드
를 만들어 넣었다.
식탁을 차리고 있는 내 허리를 뒤에서 안으며 홍 단이 말했다.

"으-음. 맛있는 이 냄새."
"머리 손질했어?"
"아직. 너무 맛있는 냄새가 허리춤을 막 잡아끌잖아. 아침 먹고 할 거야."
"이리 와. 내가 손질해 줄게."

단일, 화장대 앞으로 끌다시피 보듬어 데려갔다.

"아~잉. 아~잉. 아~잉."
"미운 모습으로 앉아 아침을 먹고 싶어?"

그녀가 그제야 몸에서 힘을 빼었다.

기초 영양 크림을 얼굴에 도닥여 발라 주고, 머리채를 곱게 빗어 뒷머리에 틀어 올리고는 머리 끈으로 쪽 머리 만들었다.

"봐. 내 각시가 얼마나 고운가?"

단이는 대답 대신 늘 부드러운 입맞춤을 했다.

그녀는 제주 땅을 밟은 날부터 삼신(三神)할머니의 점지를 받으려고 콧등이 찡하도록 애를 썼다.

뒤로 버티는 나를 끌고 한의원 드나들며 별별 약재를 다 구해 손수 내려 나누었다.

산부인과에서는 삼신할머니 활동하기 좋은 날을 얻어와 실천도 하였다.

그 바람과 정성이 어찌나 지극을 넘어 집착에 가까웠으면 잠시 상상 임신까지 이르러 그리도 행복해했겠는가.

나는, 그 앞에다 대고 씨 발라 버린, 쭉정이 수술을 받은 것이 사십여 년도 더 되었다고, 차마, 말을 할 수 없었다.

서귀포 앞바다를 담은 주방 창을 내다보며 샌드위치를 한 입 베어 물은 그녀가 말했다.

"산방굴사 유채꽃 얼마나 있어야 할까?"

"점점이 뿌려지고 있으니, 다음 주 초면 흐드러지겠지? 샛노란 유채밭이 일렁이는 파도처럼 둥실대는 산방산이 참 좋은데, 그지?"

"어. 기다려져. 빨리 보고 싶어.

저 배들, 만선 했을까? 이적 불을 밝히고 있는 것이, 잡고 있나? 조업 시간

은 헐 지난 것 같은데, 만선들 했겠지?"

"늘 만선만 할 수 있나? 우리 모두 그렇게들 사는 삶인걸. 맘 그릇을 자주

비울 줄 알아야 다른 무엇을 또 담을 수 있지?."

"뭔 철학까지?"

"삶이 철학인 것을 어~째? 메이겠다. 찻물 마시며 먹어?"

홍 단의 머그잔에 영지버섯 찻물을 따라 주었다.

그녀가 찻물을 마시며 말했다.

"자기야. 우리 책상 사자. 응?"

"이녁 책상 필요해?"

"어. 책상에 앉아서 책 읽고 싶어. 응?"

"이녁에겐 더 불편할 걸, 지금처럼 침대나 식탁이나 아님, 소파나 동백나

무 그늘 속, 내 가슴이 더 좋지 않아?"

"자기 글 쓰는 모습을 보고 싶은데."

그랬다.

단이 곁에서 글을 쓴 일이 한 번도 없었다.

내겐 그 무엇보다도 지금, 그녀를 곁에서 돌보는 일이 최우선이었다.

글을 써야 한다면 꼭, 책상에 앉아서 할 일이겠는가.

얼결에 거기 앉았다가 원고지에 빠져들면, 그녀가 잠시라도 나의 시선에

서 벗어나 최우선 관심사에서 밀려날 것 같은 두려움.
부러, 그것을 생각지 않고 있었다.

"나, 머릿속 어딘가가 구멍이 난 것 같아.
생각이란 것을 죄~ 흘리고 있지 싶어.
머릿속도 골다공증이 심해지나?"

그녀가 너무도 어이없는 변명에 배꼽을 잡고 한참을 까르르댔다.

"내가, 당신 만년필 잉크 충전할 시간마저 빼앗은 거지?"
"또, 쓸데없는. 쓰고 싶은 생각이 없을 뿐이야."
"그러니까. 나 때문이잖아? 내가 시간을"
"쓸데없는 생각이라니까. 그냥, 내가 지금은 쓰고 싶은 맘이 없어."

홍 단이 내 억양에서 짜증 섞인 까칠함을 느꼈을까, 꼬리를 바로 내리고
화제를 바꾸었다.

"그럼, 글 쓰는 모습 빨리 보여 주기다. 응?
저 무역선들은 무엇을 싣고 오가는 것일까?"

아이의 시선을 따라 바다를 보았다.
대형 무역선 서너 척이 서귀포 앞바다를 지나가고 있었다.

"선원은 선원대로, 화물은 화물대로, 배는 배대로, 그것들을 담은 바다는 바다대로 또, 그것들과 공생하는 쥐나 갈매기나 물고기. 수없는 사연들로 어울렁더울렁 어우러져들 살고 있는 거겠지."

"생각 들자면, 아우! 머리 깨질 것 같아.

끝. 끝. 끝.

내가 말을 말아야지."

단의 심사를 편하게 만들기 위해서, 내가 뜬금없이 자주 즐겨 쓰는 방법이었다.

"그러니까? 머릿속을 비우는 것이 힘든거.

그러자고 면벽참선들 하는거. 한쪽 더 만들어 줄까?"

"우리 앞으로 아무 생각도 하지 말자 응?"

"그려. 근데, 그것이 더 어려운 것은 알어?

그려. 그려. 그러세. 그저 좋은 쪽만 보고 미소만 올리세."

"무개념 하자는 겨? 돌처럼?"

"뭔 소리. 모든 것은 존재, 그 자체로 완전한~겨. 돌이라고 우습게 보이남? 불완전해 보이남? 아니야, 아니야.

존재, 그 자체로들 완전한걸.

모두, 다~.

이녁도 나도, 흙 한 줌도, 그 흙 한 줌을 이룬 모든 것도 그려. 그렇다니.

모든 것을 쪼개고, 쪼개고 또 쪼개고, 그러다 보면 그 모든 것들.

너, 나, 구분 없이 하나랑께?

허니, 서운할 것 하나 없는걸. 참?

모두는 다, 서로 그 자체로 완전한 것.

허니 서로 비교할 필요가 없는 것이야.

서로가 완전한 것인데 뭣이 꿀려? 뭣이 꿀려? 이녁. 안 그래?"

"우스개로 하는 말인지. 그 말. 통 모르겠어.

참말로 모르겠어."

단인 늘, 받을 말이 궁해지면 슬그머니 도망치듯 일어나 자리를 뜨며 그
렇게 혼잣말했다.

나도 모르게, 오늘은 아이의 웃음이 보고 싶어 당황스럽게 만드는 개그
아닌 개그를 했다.

나는 그녀의 머그잔을 들고 따라갔다.

"이녁. 찻물은 다 마셔야지?"

홍 단이 먹여 달라듯, 거실 소파에 깊이 앉으며 입을 쩍 벌려 보였다.

따스하게 옷을 입힌 단일 앞세워 동백나무숲을 산책했다.

동백꽃 향이, 아침 기운에 눌려 투명한 비단 자락처럼 고즈넉이 숲길에
깔려 있었다.

단이 발끝에 차인 동백꽃 향이 일렁이며 코끝으로 올라왔다.

아기 주먹 만큼씩 한 붉은 동백꽃들이 여기저기에 뚝 뚝 떨어지고, 피어
나고 있는 것을 하나하나, 아이는 그냥 지나치지 못했다.

김승섭 장편소설 소꿉각시

거기, 자신을 보기라도 하는 것일까.

뒤에서, 그 모습을 지켜보는 가슴속에 뜨거운 눈물길이 죽~ 저미었다.

"밟는다! 꽃."

그리 생각해서일까, 터질 듯 눈물이 밴 목소리였다.

어두운 동백 숲으로 들어가려는 그녀를 잡아 세우고 내 겉옷을 벗어 걸쳐

주었다.

"차다. 오래 있지 않기. 응?"

그녀가 겨우 알아볼 만큼, 턱을 끄덕였다.

동백숲 너머로 한라산 머리의 잔설이 지금, 봄빛 속에서 야속해 보인다.

우리는 햇살이 하루 종일 잘 드는, 부엌문이 내려다보이는 집 근처 동백

나무 밑둥치에 자리를 마련했다.

흐드러지게 떨어진 동백꽃을, 앉을 만큼 치우고 두툼한 보온 깔판을 놓았다.

나는 자리를 깔고 앉아 동백나무 둥치에 기대었다.

가슴 품을 넓혀 홍 단의 등판이 편히 기댈 수 있게 해, 그녀를 안았다.

"자기야. 이야기해 줘. 응?"

어리광이 가득한 얼굴을 들어 보이며 아이가 채근했다.

"자기 목마르지 않게 먹여 줄게. 응? 아~잉?"

나는 얼굴을 크게 끄덕였다.
그녀가 아이 좋아하며 냉큼 대봉 서너 알을 입 안에 넣어 주었다.

"단아. 이야기 듣기, 춥지 않을까?"
"점점 햇살이 솜이불 같아지는데?"

아이가 이야기를 듣는 동안은 투병 중인 자신을 제대로 잊고 있어서 참으로 보기 좋은데, 망설일 이유가 하나도 없다.
또, 입이 마를 사이도 없이 대봉이며 밀감을 부지런히 입 안에 넣어 주니 이야기하는 나도 절로 신명이 붙는다.

☆

순희

『어느 늦은 밤, 봄의 소리가 참으로 정겹다.

나는 수렁 같은 잠에서 깨어나며 입안 가득 찜찜함을 혓바닥으로 되새기었다.
멍한 시야 속에선, 검푸른 바다가 집어등 불빛을 일렁이고 있다.
곁에 앉아, 맛있는 간식을 주며 머리를 쓰다듬어 주던 짝이 곁에 없다.

김승섭 장편소설 소꿉각시

힘이 퍼뜩 들어가지 않는 다리로 상체를 급히 일으켰다.

짙게 가라앉은 유채꽃 향 탓일까, 머리가 잠시 중심을 잡지 못했다.

바람 한 점 없이, 보름달 빛이 교교한 유채꽃밭 사위를 둘러보던 멍한 나의 동공에 주먹만큼 한 얼음덩이가 박혀 들어 산산이 깨졌다.

그제야, 짝 잃은 비명이 사금파리처럼 폐부를 가르며 귓속에서 파도 소리를 밀어냈다.

보름달 빛이 겹게 흘러들어 밤빛이 풀어지고 있다.

진노란 유채밭이 확연할 때까지 짝을 찾지 못한 입안에서는 단내 찌든 침이 입안에 혀를 말아 붙였다.

나는 솜털 시절부터 몸매에 윤기가 자르르 흐르는 지금까지 단 하루도 짝과 헤어져 있었던 기억이 없다.

조수석에 늘 나를 태우고 과일 행상을 다녔다.

혹여 장사를 마치고, 짝이 돌아올까 싶어, 머물렀던 자리를 벗어나지 못하고, 몇 날, 유채밭을 맴돌았다.

뱃가죽이 등에 들러붙어 더는 버티고 서 있을 기력이 없다.

짝이 먹여 주다 남긴 것으로 허기를 채운다.

다시금 가물가물 개운찮은 깊은 잠이 들었다.

"순아. 우리 바다 구경 가자."

부드럽고 따스한 짝의 손길을 뱃살에 받으며 들었다.

그곳은 전날, 알몸으로 내 짝에게 들러붙는 선영의 다리를 물고 뜯어내려다 짝으로부터 호되게 걷어차여서 아직도 얼얼하고 화끈거리는 부위였다.

역한 술 냄새를 풀풀 토하며 손가락으로 가리키는 TV 속에선 엄청난 물이 사람들 서 있는 곳으로 와서 거품으로 바뀌고 있었다.

다음 날, 아침 햇살이 베란다에 들기 무섭게 짝은 나들이를 서둘렀다.
어느 날과 달리 어떤 결단이 선 듯, 몸을 바쁘게 움직이는 것이 보였다.
그리고 우리는 이곳으로 왔다.
짝이 사철 내내 과일 행상하는 하얀 일 톤 트럭과 같이.
처음 지나는 먼먼 길과 터널.
오랫동안 숨차게 달려와 선착장이라는 곳에서 어마어마한 배에 우리 모두 승선했다.
난생처음 보는 바다를 밤새워 둥실거렸다.
나는 뭔가 모를, 스멀스멀 피어나는 불안감에 차창으로 지나가는 그 먼먼 길들을 잊지 않으려고 유심히 살피고 후각을 더하였었다.
지금 되짚는다면 문제없이, 우리의 보금자리에서 짝의 품을 파고들어 뒹굴 수 있다는 생각이 들었다.
그것이 감히 상상할 수도 없는, 얼마나 험난한 여정이 될 것인지 까마득히 모르는 채 말이다.

지금 무엇보다 우선은, 우리가 타고 온 배를 찾는 일이다.
우리가 내린 곳, 선착장을 찾아야 한다는 생각이 들었다.

배의 생김을 설명할 수는 없어도 보면 알 것 같다.

거기서 그 배를 찾아 타고 우리 모두 승선했었던 선착장에 내리는 것이다.

나는 벌떡 일어선 네 다리에 불끈 힘을 주었다.

우선, 허기진 배부터 채우자는 생각이 들었다.

흐드러진 유채밭을 지나 산방산을 바다 쪽으로 두고 걸었다.

오랫동안 무심한 듯 주위를 살피고 가슴을 졸이면서 걸음을 채근했다.

여느 개들과 달리 내 몸집이 네다섯 배나 크다. 사람들에게서 내 어설픈 행동거지로 시선을 끌지 말아야 했다.

조신한 몸가짐만이 앞으로의 긴 여정에 안전할 것 같은 생각이 막연히 들어서였다.

내가 짝을 처음 만나게 된 것은 참으로 위험한 인연에서 시작되었다.

눈을 떠 세상을 본 어느 날, 허름한 종이 상자에 담겨 거친 운전의 화물차 화물칸에서 차도에 떨어졌다.

뒤따라오던 화물차가 급정거했다.

그 일이, 짝으로부터 순희라는 이름을 받게 되는 인연이 되었다.

여느 강아지와는 생긴 모양이며 성장 속도가 다른 것에 의문이 든 짝.

동물 병원에서 예방 접종을 하면서 내가 스코트랜드 혈통의 고든 세터 (Gordon Setter)라는 것을 수의사에게서 듣게 되었다.

지금의 나는 30kg의 덩치에 황갈색의 비단결 장모를 뽐내는, 두 살을 몇 개월 넘긴 순희다.

나는 머리가 지끈거릴 만큼 음식 내음을 찾았다.

직진으로 달려든 나로 인해 위압감을 느낀 검정 길고양이가 헐렁한 쓰레기통에서 낮은 담벼락 위로 급히 뛰어올라 앙살을 피었다.

허겁지겁 음식 찌꺼기를 넘기고 있던 내 뒤쪽에서 폐부를 찌르는 여자의 비명이 울렸다.

목으로 넘어가던 음식물이 딱 걸렸다.

겹게 음식물을 넘긴, 그렇한 내 눈에 들어온 여자는 핸드폰에 급하게 말하고 있었다.

음식물을 서너 번 더 급하게 입안에 물고 옆길로 냅다 달리기 시작했다.

정신없이 얼마를 달렸을까, 나는 사람들의 시선이 흘러갈 폐가구 더미 속에 몸을 구겨 넣고 가쁘게 숨길을 고르고 있다.

지금부터는 어둠이 내려서 움직일 것을 마음먹는다.

사람들의 시선이 흘러갈 길가 숲에 은신하면서, 짝에게 갈 것을 다시 마음먹는다.

아무리 뱃가죽이 등에 붙었기로서니, 이처럼 섣부른 행동을 두 번 다시는 하지 않기로 절레절레 머리를 흔들어 다짐한다.

차들이 지나가는 소리를 들으며 부둣가로 가는 길을 머릿속에서 더듬어 보다가 잠을 청했다.

나는 화물을 하차하고 선착장에 정차해 있는 대형 트럭 밑에 몸을 숨기고 있다.

승선 절차를 밟고 대기하고 있는 소형 화물차의 짐칸 덮개를 살피고 있었다.

승선 전에, 나를 짐칸에 태우고 덮개로 숨겼던 짝처럼, 이제 내가 해야 했다.

부둣가에 대기하고 있는 저 배가 우리가 타고 온 것이 확실했다.

딱 꼬집어 댈 수는 없지만 생김과 오묘한 냄새가 그렇다.

한 차주가 짐칸을 살펴보고는 덮개 끈 없이 설렁 덮고 갔다.

족보가 있어 보이는 대형 견이 날렵하게 짐칸 후미로 뛰어올랐다.

재빨리 주둥이로 덮개를 들추며 기어들어 갔다.

자판기 커피를 마시던 차주가 이것을 목격했다.

짐칸으로 다가서는 인기척에 덮개가 살며시 들썩인다.

종이컵을 입에 살짝 물고 다가선 차주가 묘한 웃음을 흘리며 덮개 끈을 야무지게 홀쳐 묶는다.

나는 긴 뱃고동 소리와 함께 배가 움직이는 것을 느꼈다. 이제, 참으로 편안한 잠 속에서 짝을 만날 수 있기를 꿈꾼다.

차의 심한 덜커덩거림에 잠에서 깨었다.

밖을 살펴보려고 머리를 들었다. 덮개가 들리지 않는다.

순간, 무엇인가가 크게 잘못된 듯한 한기가 온몸에 서렸다.

밖에서 들리는 소리가 배의 화물칸이 아니다.

차가 멈추었다.

조금 뒤, 소란한 사람들 발소리가 들리더니 내가 움직일 수 없게 찍어 눌렀다.

예방 접종 때처럼 엉덩이가 따끔했다.

내가 기분 나쁘게 깼을 때, 사료가 넘치게 담긴 그릇이 코앞에 보였다.
목에 굵은 쇠사슬도 묶여 있었다.
집들이 드문드문했다.
여러 사람이 나를 지켜보고 있었다.
한 남자가 밥 먹으라는 듯 긴 나뭇가지로 그릇을 툭툭 건드렸다.
밤이 되기까지 이따금 한 남자와 소년이 번갈아 집에서 나와 확인하듯 나를 들여다보고 들어갔다.
밤이 깊어 집안의 불이 모두 꺼진 후, 나는 미친 듯 갖은 용을 다 써 보았으나 쇠사슬에서 풀려나는 일은 없었다.

다음 날 나를 둘러싸고 어른 키보다 높은 철망 울타리가 만들어졌다.
쓸데없이, 무작정 용을 쓸 일이 아니라는 것을 알았다.
수시로 내게 와 들여다보며 말을 붙여 주고 먹을 것을 던져 주는 어린 소년.
그 손을 핥아 주고 꼬리를 흔들어 친근감을 쌓기로 마음먹는다.
이 집 사람들의 경계심을 하루라도 빨리 풀어 목줄을 풀게 할 심산이다.

피를 말리는 몇 날이 지나고부터 그들이 울 안으로 들어와 쓰다듬고, 손바닥에 먹을 것을 주었다.
맘에도 없는, 덩치답지 않은 나의 스킨십이 목욕과 털 빗질까지 유도했다.

어느 날, 낯선 두 남자가 요모조모 나를 훑어보면서 이 집 사람들과 음료를 마시며 한참을 이야기했다.

이 집 어린 소년이 땅바닥에 주저앉아 양발 투레질 끝에, 크게 소리 내어
울기 시작했다.

서로의 손전화를 들여다보며 무엇인가를 확인한 듯 머리를 끄덕이더니 낯
선 한 남자가 울 안으로 들어와 목줄을 바투 잡고 나를 밖으로 끌어냈다.

나는 더 끌려가지 않으려고 본능적으로 마당에 주저앉아 버티었다.
소년이 내게 와 목줄을 잡고 큰 소리로 울며 같이 버티었다.
한 남자가 내게서 소년을 떼어 내려고 가볍게 몸싸움을 벌이는 사이, 아
이가 내게 채워진 목줄 고리를 풀어 버렸다.

어! 주저할 겨를도 없이, 나는 그들 사이로 몸을 살처럼 날렸다.

생면부지의 곳에서 여러 날 고생 끝에 짝과 함께 내려온 고속도로를 찾았다.
이제 이 길만 쭉 따라 올라가면, 나는 짝을 만날 수 있다.

고속도로 옆길이며 갓길을 택하여 걷는 밤길이 여간 힘들고 위험한 것이
아니었다.
차들의 전조등 불빛이 무서운 속도로 앞길을 비추고 지나가고 있어, 더러
는 힘든 걸음이 외롭지 않았다.

고속도로는 들을 지나고 강과 산허리, 터널과 까마득히 높은 다리 위를 지났다.

나는 날이 밝아 오면 갓길을 벗어났다.

몸을 가리고 그늘이 되어 줄 은신처를 먼저 찾은 후에야 먹을 것을 늘 찾곤 했다.

음식을 찾기가 힘들어 배를 채운 날보다는 비운 날이 더 많았다.

얼마나 달을 보고 별을 보고 걸었나.

언제부터일까, 모르는 사이 배가 점점 불러오며 걸음이 힘들어졌다.

쉬는 시간이 많아지고 배 속에선, 무엇인가 꿈틀거림 같은 것을 느낄 때가 많았다.

머리 위, 높은 하늘에서 수리가 위압적으로 선회하고 있다.

나는 지금도 이따금 잠자리에서, 그날에 있었던 짝과의 일이 두서없이 떠오른다.

그날은, 곤드레만드레 취해 들어온 짝이 옷을 홀홀 벗어 던지고 늘 같이 알몸으로 깊은 잠이 들었다.

여느 날보다도 코를 골아 대는 풀무질 소리가 가파르고 소란하다.

나는 며칠 전부터 그곳이 붓고 근질거리며 핏기가 감도는 것을 짝에게만 보여 주고 싶었다.

몸에 붙어서 주위를 맴돌았지만 허사였다.

짝의 얼굴을 핥고 엉덩일 들이대도 보았지만, 이 말만 하였다.

"우리 딸. 이제 엄마가 되고 싶구나? 올해만 참으렴. 내년에 좋은 신랑감을 찾아 주마. 응?"

내가 짝의 것을 이뻐하다 단념하고 내 것을 다듬고 있을 때였다.
짝의 것이 송이버섯처럼 자라고 있었다.
환영 같은 생각이 들어 미적미적 다가가 좀 더 이뻐하자, 그것에 힘이 팍팍 들어차 더욱 단단하게 커지는 것이 느껴졌다.

"선영아. 선영아. 선영아."

그렇게 짝은 다른 짝과 알몸으로 뒹구는 꿈을 꾸는지, 늘 그 이름을 잠꼬대하였다.
나는 얼른 짝의 배를 타고 엉덩이를 들어 선영처럼 그것에 내 것을 맞추었다.
짝의 두 손이 몽유병자처럼, 내 엉덩이를 잡고 힘차게 끌어내렸다.
순간, 내 속에서 생살이 터지며 천둥 번개와 함께 심장을 파고드는 칼날 같은 아픔이 목구멍으로 꾸역꾸역 넘어왔다.
짝은 그런 나를 정신없이 둥개질 했다.
나는 속살이 터지는 아픔을 이빨 사이로 흘렸다.
생살 터지는 아픔이 눈알을 어지럽히고 있던 어느 한순간, 그곳에 뜨거운 쇳물이 가득 쏟아져 들었다.

　　그 새벽

나는
우주(宇宙)를 가져다
화분 하나 빚었다.
하— 셀 수 없는
별들을
다복다복 담아
심었다.

옥수수밭 아래로 흐르고 있는 개울물에서 물을 먹으려던 나는 기겁하여 머리를 들었다.

거기, 내가 아닌 다른 모습이 빤히 올려다보고 있었다.

한참을 노려보니 낯이 익은 눈매였다.

나였다.

모습이 어찌 저리도 추레하게 변하였단 말인가.

과일 행상에서 뽐뽐 뽐내던 모습이 없다.

나흘들이로 샤워와 수시로 황갈색 장모를 빗질하여 사랑받던 모습이 없다.

짝의 매출에 과일보다도 더 홍 올리던 모습이 없다.

물배를 채우고 있던 때였다.

제법 실한 구렁이 한 마리가 옥수수밭으로 올라가는 것을 보았다.

내 몸은 벌써 구렁이를 공격하고 있다.

쫓고, 막고, 서로 공격하는 혼전 끝에 놈의 목을 왁살스럽게 물었다.

김승섭 장편소설 소꿉각시

얼마나 호되게 흔들어 댔는지 놈의 몸뚱이가 끊어져 저만치 옥수수밭으로 떨어졌다.

그 자리에서 놈의 머리부터 와그작와그작 씹어 먹었다.

물배만 채우던 터라 씹는 것이 급했었다.

몸뚱이를 찾아 물고 미리 보아 둔 잠자리로 갔다.

참으로 오랜만에 느끼는 포만감 속에서 몸을 다듬고 잠을 청했다.

어느 날 밤, 느린 걸음을 걷고 있는데 요란한 경광등 소리가 뒤에서 다가왔다.

더러 있었던 일이라 갓길에서 벗어나기 위해 달렸다.

차가 앞질러 가로막고 멈추었다.

차 좌우의 앞뒤 문이 열리고 이상한 것을 든 네 사람이 내리더니 나를 막아섰다.

막아선 차의 전조등 불빛에 갓길을 벗어날 수 있는 구멍이 저들 앞쪽에서 보였다.

안타깝게도 저들에게서 더 가깝다.

이 상황을 벗어날 수 있는 길은 오직 직진뿐이었다. 주저할 틈이 없다.

저들이 더 다가오기 전에 저 구멍을 빠져나가야 했다.

내가 저들에게 무섭게 달려들자 그들이 주춤했다.

내가 구멍을 통과하기 무섭게 저들이 휘두른 뜰채가 펜스에 요란한 소리를 냈다.

청승스럽게 이틀째 비를 맞으며 걷고 있다.

언제부터인지, 나는 갓길을 포기하고 고속도로를 따라 뻗은 길을 따라서

산허리며 들을 멀리 돌아 돌아가고 있다.

이제, 조심스럽게 낮에도 산과 들길을 걸었다.

한참 높은 다리 위, 짝에게 가는 길이 앞으로 쭉 뻗어 있다.

그렇게 나는 고속도로를 따라서 멀리, 가까이, 곁에 두고 빗속을 처량하게 걷고 있다.

몸이 불어나 굼떠진 걸음은 개구리로 배를 채우기도 힘들었다.

산허리 저 아래, 나무들 틈 사이로 집이 보였다.

이제야 먹을 것을 구하지 싶은 마음에 걸음이 빨라진다.

집 주위를 돌며 살펴보았다. 사람 사는 흔적이 없다.

폐가였다.

비라도 긋을 요량으로 툇마루로 올라가 몸을 부스스 털었다.

혹여 싶어, 부엌이며 방, 울 안쪽과 밖 구석구석을 몇 번이고 먹을 것을 찾아보았지만 허탕이다.

방구석에 다 삭은 이불이 있다.

다시금, 빗물을 털어 내고 웅크려 앉아 보니 온기가 따스하게 모인다.

두텁고 무거운 눈꺼풀이 시나브로 닫혔다.

나는 아랫배에 심한 진통을 느끼고 깨어났다.

밖은 칠흑 같은 어둠으로 가득했다.

까만 어둠 속에선 사나운 빗소리와 이따금, 천지를 부수고도 남을 천둥소리와 함께 푸른빛의 번개가 산허리와 들에 무섭게들 박혔다.

밑이 뜯겨 나갈 것 같은 진통.

곧 세상이 없어질 것 같은 밖의 소란 따윈 아랑곳없이, 얼마나 엉덩이를 안절부절 하였을까.

묵직한 덩어리 같은 것이 밑으로 쑨~풍 빠졌다.

나는 본능적으로 그것이 짝과 나의 새끼라는 것을 느꼈다.

그 자리에 놓고 탯줄과 양수 등을 꼼꼼히 거두어 먹었다.

서둘러 냄새를 지우는 것이 포식자를 막는 일이었다.

코끝으로 새끼들을 뒤적여 움직임을 거들었다.

오랫동안, 전혀 움직임이 없다.

차갑게 식어 가는 온기만이 코끝에 왔다.

그것은 이미 생명이 아니었다.

세 번의 쑨~풍이 더 있었다.

그것들도 생명은 아니었다.

푸른 번갯불에 이따금 모습이 드러나는 그것들은 이것도 저것도 아닌, 그저 흉물이었다.

두 눈에서 하 없이 솟아나는 눈물이 콧등을 타고 흘렀다.

나는 양수나 탯줄을 먹듯, 억수 빗소리와 천둥 번개 빛 속에서 그것들을 하나하나, 꼭꼭 씹어 목줄로 아프게 넘기고 있다.

별을 다복다복 심은 나의 화분은 그렇게 산산이 깨어져 우주로 흩어지고 있었다.

　　　퍽퍽한 황토 길

　　　나 홀로 걷는다

오골계알을 품은 듯

햇살은

개미들 발소리마저 녹이고

이따금 지나가는 구름장

땀을 쉬게 하면

풀벌레 소리는 목이 쉬어 갔다

오그라들어

열리지도 못하는 귀

징~ 우짖고

햇살은 쇳물로 쏟아지다가

바늘 살이되

온몸도 모자라 동공에 가득 박혀 든다

한 걸음

한 걸음

아스라이 물러앉는 개여울 소리

내가 지쳐 늘어지던 어느 아침나절 도착한 곳에서 왠지 낯설지 않음으로
온몸의 털이 솟아나는 소름을 느꼈다.
오랫동안 낯이 익은, 설지 않은 건물들과 길.

맞다!!!

짝과 주기적으로 과일을 팔러 온, 아파트가 많은 곳이었다.

과일이 제일 잘 팔리던 곳, 짝과 이곳에 오게 되면 최우선 들러 장소를 선점하고 과일 좌판을 늘어놓고 확성기로 호객을 하던 곳이 퍼뜩 떠올랐다.

나는 사력을 다해, 직진으로 내달리기 시작했다.
몇몇 사람들이 황급히 길을 터 주었다.
놀란 그들이 다급히 손전화 사용하는 것을 까마득히 모르고 내 맘만 급했다.
그곳을 찾아 이 길, 저 길을 건너 무섭게 내달았다.
혀가 빠져서야 그곳에 도착했다.
짝의 모습은 없다.
어느 곳에서도 짝의 확성기 소리는 들리지 않았다.
대신, 요란한 경광등 소리가 바로 뒤를 쫓아왔다.

뜰채를 든 그들과 나의 쫓고 쫓김이 이웃한 아파트 단지를 옮겨가며 이곳, 저곳에서 소란스럽게 펼쳐졌다.
짝이 곧 올지도 모르는 절박한 곳에서, 짝과 항상 과일 좌판을 늘어놓던 이곳에서 끝내 잡히고 말았다.
땅에 꿇려, 길게 늘어진 혀끝에서 침을 질질 흘리고 있는 나를 여러 사람이 멀리 가까이 둘러서서 애처롭게 바라보고 수군거렸다.

나는 그들 속에서 짝을 본 듯, 나이 먹은 경비원을 발견하고 그에게 슬픈 소리를 내어 크게 짖었다.
짝과 각별하게 정을 주고 나눈 사람이었다.
제발, 나를 알아봐 주세요.

경비원이 대번에 나를 알아보고 반가운 얼굴로 뛰듯 다가왔다.

"순희야! 아이고, 고생들 많으십니다. 이 개를 제가 잘 압니다. 이름이 순희인데, 여기 자주 과일 행상 오는, 아주 성실하고 착한 젊은이가 늘 데리고 다니던 놈입니다.
지난봄께 앨 잃어버렸다고 그렇게 슬퍼하던데, 이놈이 용케도 여길 기억하고 찾아왔네요.
어이구 영특한 놈. 이놈, 덩치하고 달리 아주 순하디순한 순둥이입니다.
얘 주인이 오늘이나 내일쯤 들르는 날입니다.
제가 잘 데리고 있다가 주인에게 넘길 터이니, 절 믿으시고 맡겨 주시죠."
"네. 과일 장수 개 맞아요."

주민들이 하나둘, 경비원의 말을 거들고 나섰다.

"용하네. 용해. 참 용하네."
"순둥이 맞아요."

아이를 업은 할머니도 거들었다.
나는 머리와 등을 쓰다듬고 있는 경비원의 손과 발등을 핥으며 앓는 소리를 애처롭게 내었다.

순희는 견주(犬主)에게 인도될 때까지 경비실에서 목줄 끈에 묶여 있는 조건으로 경찰의 손에서 경비원에게 넘겨졌다.

김승섭 장편소설 소꿉각시

벌써 여러 날 경비실에서 지내고 있다.

나를 이뻐해 주는 주민들이 따스하게 챙겨 주는 음식으로 하루하루 배는 곯지 않고 있다.

"에구 불쌍한 것. 오늘도 아빠가 오지 않았구나?"

"그러게나 말입니다. 이 사람 올 때가 한참이나 지났구만."

나는 경비실에서 오금 저리게 묶여 있다.

멀리, 가까이서 확성기 소리는 하루도 어김없이 귀를 잡아 갔다.

짝의 목소리만 없다.

그러나, 내 가슴은 그 어느 때보다도 확실하게 짝을 만날 기대로 행복하다.

이대로 망부석이 될지언정, 언젠가는 그가 와, 우리는 만날 것이다.

또 몇 날이, 가슴이 허하게 지나갔다.

"순희야. 네 엉덩이에 곰팡이 슬겠다. 밥값도 할 겸 운동 삼아 내하고 순찰이나 함께하자."

하루에 서너 번씩 경비와 함께 순찰하면서 짝을 기다리는 우울증을 조금은 달래었다.

"순희야. 아빠 여태 안 왔니?"

"그러게나 말입니다. 여태 오지 않을 사람이 아닌데."

"한 달이 다 되었지요?

아 참. 순희 온 다음 날 제가 친정에 갔다가 과일 아저씨를 만났길래 순희
가 여기 와 있다고 말했는데요."
"그런 일이 있으셨어요?"
"네 아저씨."
"허~ 이 사람. 뭔 일이 있군, 있어. 이렇게나 안 올 사람이 아닌데. 험한
일은 아녀야 할 텐데 참."

경비가 딱한 듯 내 볼을 토닥였다. 그리고 순찰 내내 혀를 쯧쯧 찼다.
나는 그것이 무슨 의미인지는 몰랐으나 경비의 표정이 침울해 눈치를 본다.
그리 밝지 않은 여러 날이 또 지나갔다.

"아저씨. 순희 문제 어떻게 됐어요?"
"관리소나 부녀회도 손사래죠. 나라도 처지가 넉넉함 어찌해 보겠는데."
"녀석. 참 안됐네."
"말만 한 개가 단지 내를 활보하는 것이 썩들."
"그러게요. 순희 널 어쩌냐?"
"사무실에서 오늘 동물 보호소에 전화했답니다. 내일 오전 중 데려가기로."

두 사람의 측은한 눈빛이 자주 내게 오는 것이 왠지 싫어 애써 피했다.

다음 날 아침.
내 앞에는 혀가 동할, 사료가 아닌 맛난 음식들이 유난히 많이 놓였다.
그러나, 이상하게도 입맛이 전혀 당기지를 않았다.

음식을 가져온 여자들과 경비가 끈질기게도 먹을 것을 채근했다.

"이 녀석 눈치가 퍼래요."

나는 엉덩이로 앉아, 먹이엔 전혀 관심 없는 처량한 모습으로 목을 외로 꼬고서 경비실 바닥만을 내려다보았다.
어제부터 경비와의 순찰 동행이 없어졌다. 내내 경비실 안에 묶여만 있다.
나는 늘 같이, 귀의 온 신경을 경비실 밖 저 멀리 아파트 입구 쪽에서 들려올 확성기 소리에 가져다 두었다.

"자~ 왔습니다. 왔어요. 성주 참외밭에서 참외가 막 뛰어왔습니다."

헉!
짝이다!!
짝이 왔다!!!
저 천상의 소리!!!!

나는 목에서 핏줄이 터지도록 겅중겅중 날뛰며 미친 듯이 짖어 댔다.
경비원이 잰걸음으로 와 서두른 것이 순희의 목줄을 힘겹게 풀리게 했다.
힘을 이기지 못한 경비원의 손에서 목줄이 빠졌다.
순희는 과일을 팔고 있는 짝에게 사력을 다해 달려가며 피 터지게 애끓게 짖는다.

"순희야!!!"

손님에게 건네던 과일 봉지를 떨어뜨리고, 두 팔을 벌려 뛰어오른 순희를
안고 뒤로 호되게 넘어진 짝.

바로, 숨을 놓았다.
뇌진탕이었다.』

홍 단은 순희를 한참, 가슴 아파했다.
아이가 밀감과 대봉을 입안 마를 틈도 없이 넣어 주고는 이야기를 더 채
근했다.
볕이 이리도 따스하니 아이에게도 좋을 것 같았다.
아이의 몸을 좀 더 편안하게 올려 안았다.

☆

해바라기

『송 하영.
막, 이승의 끈을 놓았다.
내 품을 안아 들이며 숨차게 뛰던 그녀의 심장이 딱 멈추었다.

예순일곱의 그녀를 일각(一刻) 전만 해도, 나는 이름도 생소한 생면부지

의 사람으로 전혀 알아보지 못했다.

그녀는 한 해 전에 출간된 나의 장편소설
『바람처럼 구름처럼』 애독자였다.

생의 마지막 소원으로 작가 만나기를, 그녀의 이란성 쌍둥이 남매를 통해
간절히 전하여 왔다.
그들의 정중한 안내로 말기 암 환자를 위한 호스피스 요양원 특실에서 이
루어진 만남이었다.

송 하영.
벨을 눌러 간호사실에서 대기하고 있던 남매를 호출했다.
그들을 앞에 세워 놓고 내 품에 안기어 영면(永眠)한 그녀의 얼굴은 막,
만근의 짐을 남김없이 내려놓은, 깃털 같은 미소로 가득하였다.

사월 그믐날이었다.
한적하고 볕이 따뜻한 골목길을 걷고 있는 중, 젊은 여자의 예의 바른 손
전화를 받았다.
그녀가 자신을 C 출판사의 편집국장 송 하은이라고 신분을 밝혔다.
열린 담장으로 봄기운이 가득한 목련 그늘 속에 멈추어 섰다.

"작가의 향기라는 꼭지에 선생님의 작품 『바람처럼 구름처럼』을 올려 주
셨으면 합니다.

작가님 편하신 시간에 인터뷰, 부탁드립니다.”

나는 2층 창밖으로 세종문화회관이 내다보이는 한 커피숍에서 먼저 와 기다리고 있던 그들을 만났다.
그들과 나눈 수인사(修人事) 뒤에 송 국장은 D 일간지 문화부 기자 송 하준을 소개하였다.
전화상으론 언급이 없었던 일이었다.
내가 차탁(茶卓)에 두 사람의 명함을 나란히 대어 놓자, 송 국장이 사전에 양해 없었던 것에 마음 쓰이는 음색으로 입을 열었다.

“작가님과 통화 뒤에, 동생도 선생님을 무척 뵙고 싶어 해 이렇게 결례를, 죄송합니다.
명함을 보셔서 짐작하시는 대로 저흰 이란성 쌍둥이 남매입니다.”

송 국장이 담뱃갑만 한 녹음기의 버튼을 누른 후 내 쪽 차탁에 올려놓았다.
또, 송 기자는 대여섯 컷의 인터뷰 사진을 찍었다.
두 시간여에 걸쳐 작품과 문학을 담은 청년기에 관한 이야기로 인터뷰를 끝냈다.
대화 중에 송 국장의 시선이 필요 이상으로 내 정수리를 더듬었다.

“제 머리에 뭐가 묻었습니까?”
“예? …아무것도. 저 선생님. 단정하신 머릿결에 흰 머리카락 하나가 유독 억새처럼 솟아서 보기에…. 선생님. 제가 뽑아드려도”

"영~ 시선이 걸리십니까?"

송 국장이 대답 대신 숨기듯이 턱을 움직이며 미소를 올렸다.

내가 머리 위로 손을 올려 여러 번 헛잡자 그녀가 상반신을 일으켜 와 흰 머리카락을 단숨에 뽑아 선 잠시 보여 주고 두꺼비 혓바닥처럼 손안에 감싸 쥐었다.

송 기자와 근황을 이야기하는 중에 송 국장이 잠시 화장실에 다녀오겠다며 손가방을 들고 자리에서 일어섰다.

그녀가 돌아와 자리에 앉자 송 기자가 기다렸다는 듯이 조심스럽게 말했다.

"누님."

송 국장이 녹음기 작동을 멈추고 손가방 속에 넣었다.

가방을 단정히 무릎 위에 올려놓았다.

사적인 이야기라며 조심스런 어조로 운을 떼었다.

"저희 어머님이 작가님의 열렬한 애독자십니다.

『바람처럼 구름처럼』특히, 너무 좋아하시는 소설입니다.

토씨 하나까지 기억하시니까요.

책을 너무 반복해 읽으셔서, 눈이 침침하시면 제가 곁에서 이어 읽어 드리는데, 제가 실수로 빠뜨리는 토씨를 지적하시며, 정신 차려 읽으라 하실 만치."

"시한부 삶이십니다.

작가님을 한 번 뵙는 것이 마지막 소원이시라, 결례인 줄 알면서 이렇게 청을 드립니다."

송 기자가 조심스럽게 송 국장의 말을 차고 들었다.

송 하영.
그녀의 바람대로, 한 줌 골분(骨粉)을 고운 한지에 싸, 분청사기 합(盒)에 담아 내게 남기고, 남한강에 구름 같이 날렸다.
다슬기 채취선을 타고 너울너울 춤추며 물과 섞이었다.
남한강이 내려다보이는 전통찻집에서, 삼일장 내내 내게 다물었던 입을 송 하은이 열었다.

"아흐레 전, 밤을 하얗게 밝히며 제게만 들려준 엄마의 이야기가, 아무리 생각해도 작가님께 풀어 놓고 싶은….".

대추 향이 가득한 찻잔을 두 손바닥 안에서 만지작거리던 하은, 갑자기 굵은 눈물을 죽 흘렸다.
눈물을 닦을 생각이 없어 보였다.
찬찬히 보니, 송 하영의 이목구비를 참 많이 받았다.

"너무 늦게 알았어요.
전이(轉移)된 곳이 너무 많아 의료 행위가 의미 없다고….
어머니가 먼저 거부하셨지요.

수술과 항암치료, 다 거부하시고 다만, 고통만 없으면 하셨답니다."

하은이 창밖의 남한강을 잠시 내려다보다 찻물로 입술을 적셨다.
강물엔 놀이 잠겨 풀어지고 있었다.

"엄만, 양평읍내 시장에서 사십여 년을 포목 자질로 한복을 지으며 살았
답니다.
외할머니로부터 물려받은 가업이기도 했지만, 양평을 뜰 여러 일이 있었
음에도 굳이 눌러앉은 것이….
혹여 만날지 모를 사람이 있었답니다.
이름도 나이도 모르는 사람을.
그저 엄마 연배일 듯한, 얼굴만 기억하고 있는 그분을 기다리셨답니다.
어디 사는지도 모르는 사람을.
참… 미련도 했죠.
그것도 사십여 년을.
그렇게 미련할 수가…."

야속한 시선을 잠시 허공에 올리던 하은이 다시금 창밖으로 거두어 갔다.

"아버지에 대해서 이제껏, 단 한마디도 언급하신 일이 없답니다.
사춘기 이후에는 저희도 까맣게 잊은 듯이 살았답니다.
그걸 원하셨어요.
무남독녀로 불면 날아갈까, 금이야 옥이야 귀하게 자란 어머니가 처녀 몸

으로 쌍둥이를 낳은 일이 예사가 아니었으니.

다섯 달이 되도록 임신한 줄 모르다가, 두 아이가 자라고 있는 것을 알았으니.

그 황망함이 오죽했겠어요.

칠십 년대 중반의 사회에서, 시집 한 번도 안 간 처녀가 쌍둥이를 낳아 홀로 키우며 살아간다는 것이 어떤 상황인지 짐작이나 하시겠어요?

아이를 지울 수 없었던 어머니는 얼마의 금품을 챙겨 가출하셨고, 따스한 남쪽 바다 완도의 보건소에서 저흴 낳았다 합니다.

까맣게 익은, 머루알 같은 네 눈망울과 마주쳤을 때, 앞으로의 험한 삶에 힘과 의지처가 될, 배흘림 같은 거대한 기둥이 등줄기에 콱 박혀 드는 것을 전율과 함께 느끼셨다 합니다.”

하은이 반나마 빈 내 찻잔을 조심스럽게 채우고 제 찻잔을 채워 입안을 적셨다.

놀 빛깔이 조금 어두워졌다.

“우릴 번갈아 나누어 업고 안고, 양평으로 오셔서 이제껏, 우연일 그분과의 만남을 위해 사셨답니다.

이름도 나이도 어디에 사는지, 무슨 일을 하는지도 모르는 그분을 만나신다며.

참으로 우연일, 그 만남을 위해.

양평에서 그분을 만났다는, 단지 그 희망 하나만을 지푸라기 잡듯 끌어

쥐고 사셨다지요.

사십여 년을. 그렇게 말입니다.

우린 단지, 태어나고 자라신 고향이라 못 뜨시는 줄로만 알았는데."

쪽배가 강물에 투망을 활짝 드리웠다가 서서히 거두고 있다.

"다섯 달이라도 쌍둥이니, 그 배부름이 여느 배부름 같았겠어요?

그 배를 깍지 낀 두 손으로 받쳐 들고 겨울 기운이 횡횡한 십이월의 양평

거리를 배회하였답니다.

두 분이 두 시간여 같이 지냈다는 곳에서, 그분은 이미 두 달 전에 방을

빼셨답니다.

월세 계약서도 없었던 터라 이름도 얻지 못하고 돌아섰다지요.

읍사무소에도 주소 이전 기록이 없고.

집주인으로부터 알 수 있었던 것은 엄마가 유일하게 기억하는 그분의 얼

굴 모습일 뿐.

한여름의 양평역 플랫폼이었답니다.

기차 안에서부터 그분의 뜨거운 시선을 느끼시고 가슴이 들뛰셨답니다.

쫓아 와 말을 걸어온 그분에게, 여느 남자들은 매섭게 뜯어보던 눈이 뭣

에 홀린 것인지, 도깨비나 귀신에게 홀리지 않고서야.

그 길로 양귀비를 먹은 듯 뒤를 따르셨답니다.

그분이 들려주는 말은 모두가 하나하나 황홀한 음악이었답니다.

납득가세요?"

난 그저, 보일 듯 말 듯 미소만 올렸다.

"씨도둑 못 하겠네.

동생과 제가 각기 다른 대학의 국문과를 선택하자 엄마가 혼잣말처럼 나직이 하셨던 기억이 납니다.
그분이 두 분만의 방에서 들려준 이야기 중에 동화 같은 내용이 있습니다.

마치, 주문한 햇살같이 화사한 날에 꿀벌 왕자가 세상에 둘도 없을 향기를 찾아 성을 나섰답니다.
산을 넘고 들을 질러 강을 넘어.
왕자의 마음을 흔들어 줄 향기를 찾지 못하고 막 돌아서려는 때, 깊은 산골짜기 저 안쪽에서 한 번도 맡아보지 못한 향기가 건듯 실바람처럼 왕자의 더듬이를 꽉 잡고, 소고삐 틀어쥐고 끌어당기듯.
왕자는 주저 없이, 골짜기를 향해 힘차게 날아가기 시작했답니다.
두 날개깃이 빠져 날만치, 우렁찬 소리를 계곡에 울리며 날아갔지요.
갑자기 골짜기로 시샘 많은 안개가 흘러들기 시작하더니 한 치 앞도 분간할 수 없게 만들었답니다.
그래도 왕자는 한번 맡은 향기라, 짙은 안갯속으로 간간이 흘러나오는 그곳을 가늠하여 냅다 날아갔답니다.
코앞도 분간할 수 없는 안갯속에서 이제 막 향을 터트린 장미 공주는 자기 몸이 심하게 흔들할 만치 무엇인가가 안기는 것을 느꼈지만 무엇인지는 알아볼 수 없었답니다.

김승섭 장편소설 소꿉각시

안개 낀 골짜기로 햇살이 밀려들며 안개를 몰아내고, 점점 주변을 식별할 수 있게 되어 갔답니다.

곧, 장미 공주의 외마디 비명은 온 산골짜기에 처절하게 울렸답니다.

산새들이 놀라 급히 날아와 보니 공주의 가슴에, 커다랗게 솟은 가시에는 꿀벌 왕자의 몸이 박혀 피를 흘리고 있었답니다.

엄만, 그분이 들려준 이 동화를 저희의 눈이 열리고부터 사춘기를 넘어서까지 들려주셨는데….

이제, 저희 아이들까지 이어졌답니다."

송 국장이 의미 습(濕)한 시선으로 나를 넘어 보다가 어둑해진 창밖으로 얼굴을 돌렸다.

그새, 멀고 가까운 곳에 붙여지기 시작한 불빛들이 어둠을 녹여 품은 남한강 물빛에 번들거리며 녹고 있었다.

"엄만, 어린 우리가 보아도 참 예쁘셨어요.

학급 행사나 운동회 또는 소풍 따위 때면 작은 가슴이 한없이 펴졌으니까요.

곧,

다른 아이들의 아빠가 듬직한 손을 흔들어 주는 것에 얼굴을 숙이고는 했지만.

지금 생각해도 칠십 년대 여배우 중 정윤희 씨 버금갔죠.

비록 백오십오의 단신이긴 하셨지만.

엄마에게 구애하며 찌질이 디밀어 대던 아저씨들로 얼마나 시달리셨던지.

둥지

경찰 부른 일이 수없었어요.

게다, 외할머니가 내민 사진 속의 남자들까지.

안쓰러울 만치 엄만, 우리만 고집하셨답니다.

늦은 밤, 집 앞 골목에서 보쌈을 모면한 후로는 하준이 덩치가 믿음직할 때까지 작은외삼촌이 엄마의 출퇴근 보디가드로 무척 고생하셨죠."

멀고 가까운 곳에서 하늘로 치솟은 작은 불꽃들이 갖은 모양으로 소박하게 피고 지고 있었다.

"그때부터였어요.

엄마가 이상해진 것이….

신실(信實)한 불자이신 송 하영 보살님.

삶의 끈을 미련스럽게 잡지 않겠다 한 후로는 불심에 연관된 책이라면 마침표 하나까지 흘리지 않고 탐독하셨죠.

그날 아침나절 편집회의 중에 엄마에게서 손전화 문자가 왔어요. 삼 일 전에 드린 책을 다 읽으셨다는.

마침, 광고 요청과 함께 들어온 장편소설이 있어, 그걸 가방 속에 챙겼습니다.

간병인의 하루 경과(經過) 보고를 들으며 가방 속에서 꺼낸 책을 넘겨받은 엄마가 아이처럼 좋아했어요.

여느 날 같았으면, 고자질 같은 말을 내게 할까 싶어 간병인의 얼굴을 뚫

어지게 노려보실 터인데. 소설책 살펴보기에 정신이 없으시더라고요.

"어머! 애. 『바람처럼 구름처럼』 원제가 『천형불(天刑佛)』이란다. 섬뜩하다 애!"

그렇게 혼잣말처럼, 대단한 것을 발견이라도 한 듯 목소리에 힘주시더니 본격적으로 정독하실 듯, 간병인이 침대 머리를 올려, 비스듬한 자세를 취하셨답니다.
그리 천진난만한 독자가 따로 없지요.

책 표지를 넘겨 날개를 보는 순간, 엄마의 시선이 번개 맞은 듯이 움직일 줄 몰랐어요.
일순간 얼어붙은 모습 그대로였답니다.
책장을 펼쳐 든 엄마의 두 손이 사시나무 떨듯 바르르, 가까스로 책을 펼쳐 들고 있었답니다.
제가 간병인 의자에서 일어나는 느낌을 받으셨는지 책을 얼른 가슴에 끌어안으시고 두 손바닥에 힘을 부르르 주었답니다.
걱정되는 제 물음엔 응답 없이, 한동안 넋이 빠진 모습으로, 그저 두 눈의 동공이 빠져날 듯, 가까이 들여다보아야 겨우 알아낼 만큼 파르르 경련을 일으키고 있었답니다.

다급한 간병인의 호출에 간호사가 달려오고 이어 의사가 왔답니다.
엄만 팔을 뻗어 손사래를 크게 휘저으며 괜찮다. 괜찮다.

둥지

영문을 몰라 벙벙한 나까지 막무가내로 물리었답니다.

간병인의 말을 빌리면, 그 경황에서도 가슴을 무너뜨릴 듯 끌어 붙이고 있던 책만큼은 이승 떠나시던 날까지 한시도 그 가슴에서 떼어 놓지 않았답니다.

더욱이 놀라운 것은 그 시간 이후, 삼 일 밤낮 주변은 안중에도 없이 눈물을 보이며 엉엉 소리 내어 우셨다는 것입니다.
한마디 말도 없이 내내 말입니다.
책 표지 날개를 훔쳐보듯, 마냥 열어 보며 말입니다.

허니, 그 말을 전해 듣는 저희 남매의 심정이 어떠했겠어요.
울음을 그치신 후로는 눈알이 빠질 듯 그 책만 읽으셨답니다.
남과 말 한마디 섞지 않고, 그저 책 읽는 일이 사는 일이라도 되는 듯 읽고, 읽고 또 읽고.
석 달 열흘을 그렇게.
한 번 읽은 책, 두 번 잡지 않으셨는데….
표지 날개, 어느 글귀 화두에서 붓다를 보셨는지.
설피 본 제 기억으로는 『바람처럼 구름처럼』 그 원제인 『천형불(天刑佛)』 외엔 화두라 할 것이 없었는데.
그리 통하셨는지 전혀 알 길이 없었답니다.
간병인 말을 빌리면 한, 쉰 차례 가까이 읽으신 것 같답니다.
나중엔 당신이 쓰신 소설인 듯 말을 했으니까요.

김승섭 장편소설 소꿉각시

어느 날인가는 손전화로 문자를 보내셨는데, 당신 읽으시는 소설을 오십여 부 사 오라 하시더니 의사, 간호사, 간병인들과 환우들에게 모두, 직접 나누어 주며 찬찬히 꼭 읽어 보라 하셨답니다."

그새 불꽃놀이는 만개한 벚꽃처럼 흐드러졌다.
송 국장이 내 찻잔에 새로 가져온 뜨거운 찻물을 반나마 따랐다.

"작가님과의 만남을 원하신 후로는 몸매며, 젊은 시절 때처럼 바짝 신경을.
오이를 잠자리 날개처럼 얇게 썰어 여러 날을 얼굴에 붙이느라 애쓰셨답니다.
병실도 특실로 서둘러 옮기시고.
엄마의 보물 상자를 채근해 가져오게 하고.
시간별로 사진을 다시금 정리하는 모습이 그렇게 행복하고, 들떠 있었지요.
마치 소풍 가기 전날 밤 잠자리처럼.
엄마에게선 무척 낯선 모습이었어요, 처음 보는 엄마였으니까.
열여섯 처녀의, 홍조 물든 볼을 한 엄마의 얼굴.
처음이고말고요.

"엄마. 작가님 맘에 두셨나 봐?"

제가 농을 걸라치면 정색하고 되묻곤 하셨답니다.

"그렇게 흉하게 들어 보이니? 안 돼~."

그렇게 애쓰는 엄마가 참, 앳되고, 그렇게 예뻐 보일 수가 없었답니다."

송 국장의 안내로 송 기자와 함께 애독자를 만나러 간 곳은 강원도 춘천시 외곽이었다.

한 종교단체가 운영하는 호스피스 요양원이었다.

멀리 소양강을 굽어보는, 3층에 있는 특실이었다.

나는 출입문 밖에서 기다렸다.

벽에 걸린, 흐드러진 해바라기 그림을 잠시 바라보고 있는 사이 안에 들어갔던 송 국장이 병실 문을 조심스럽게 열고 나왔다.

그 뒤에,

그녀가 물빛이 가득하여, 곧 무너지고 말 것 같은 눈망울로 나를 이윽히 보고 있었다.

환자복이 아닌 화사한 원피스를 입고 서 있었다.

보라색 바탕에 크지도 작지도 않은 주황색 물방울무늬가 박혀 있었다.

노년 여인 거개 그러하듯 살집이 보기 싫지 않게 붙어 있었다.

그녀가 목   머뭇거리다 다가와, 내 한 손을 덥석 끌어 잡고는 안으로 조심스럽게 안내했다.

"너희들, 내 부를 때까지 간호사실에 있으렴."

차분한 목소리였다.

송 국장이 조용히 문을 닫았다.

송 국장의 말처럼 그녀는 도시(都是), 죽음을 바라보고 있는 환자 같지 않았다. 오히려 연인에게 병문안 온 여인처럼 볼 빛이 발그스레했다.

"작가님. 하나도 변하시지 않았네요."

그녀가 잡은 손을 이끌어 소파에 앉게 하곤 내 얼굴을 찬찬히 들여다보며
나직이 속삭이듯 말했다.
음성 속엔 몹시 흥분된 기운이 가득했다.
그녀가 사력을 다해 평정심을 가지려 노력하는 것이 느껴졌다.

"독자님. 좋아 보이십니다."

"송 하영. 제 이름, 송 하영입니다. 어쩜 그렇게 변함없으세요?"
"절. 보신 일이 있으세요?"

송 하영.
뜬금없듯 생소한 이름이었다.
그러나 그녀는 분명 나를 아는 눈치였다. 그저 아는 것이 아닌.
그녀가 답을 미루는 듯.
준비해 둔 분청 다구를 정갈하게 움직여 녹차를 우려내었다.
예사로 손에 밴, 다구에 물든 찻물 빛만큼이나 어우러진 손매였다.
그녀의 몸에서 찻잔에 들어차는 찻물 향기가 아른거리며 피어났다.
아마도, 송 국장에게서 내가 녹차를 즐겨 하는 것을 전해 들었지 싶다.

"못 알아보시겠죠?"

그녀가 무릎 위에 올려놓은 왼 손바닥에, 차 향기 피어오르는 찻잔을 살짝 올려 잡고 말했다.

"작가님 젊은 시절, 양평에서 잠시 뵈었는데."

"글쎄….
잠시 스치듯 만난 인연을.
하마 사십여 년을 홀 넘겼을 터인데.
기억하고 계시다니.
때엔, 내 삶이란 것이 안정을 못 하고 방황하던 때라.
전, 전혀 떠오르는 기억이 없는 것을요.
송 여사님의 기억력이 예사롭지 않으신 것 같습니다.
저희가 어떤 인연이었죠?"

송 여사가 그저 하염없듯 내 얼굴을 들여다만 보았다.

"사십여 년을 홀 넘긴 시간인데, 기억 못 하시는 것이 어찌 무리겠어요.
그리고, 제 모습이 너무 변해 있어.
이 사진을 보시면 혹여 기억하시려나.
걱정이 앞서네."

송 여사가 침대 머리맡 서랍 속에서 명함보다 좀 큰 사진 한 장을 꺼내 들고 와 의자에 앉았다.

너무 조심스러운 나머지, 꽃잎처럼 흔들리는 사진을 내 손에 건네었다.

사진 속엔 이제 막 피어난, 장미꽃 같은, 해맑은 미소를 꽃잎처럼 피우고 있는 처녀가 있었다.

초여름에 알맞은, 어깨만 가린 반소매에 보라색 물방울무늬가 시원한, 흰색 쫄바지를 입은 처자는 긴 목에 밝은색의 손수건을 리본같이 두르고 있었다.

아!!!

그랬다.

그녀가 가지고 있던, 손바닥보다도 작은 사진기로 내게 부탁한 모습이었다.

태양의 홍염 같은 불길이 막무가내로 목줄을 지지고 올라와 눈알을 하얗게 태웠다.

건 듯 솔바람에 실린 장미꽃 향기처럼 잠시, 그야말로 잠시, 내 몸 안에서 홍역처럼 머물다가 바람같이 흩어져, 어디론가 사라져 버렸던 여인.

그 여인이 거기, 그 모습 그대로 지금, 신기루처럼 홀연 나타나 나를 바라보고 있다.

곧 사라지고 말 것 같은 모습이었다.

나는 급하게 시선을 들어 송 여사를 보았다.

"꿀벌 왕자와 장미 공주, 듣고 싶어."

송 여사가 환청이듯 말했다.

내가 이승에서 오직 한 여인에게만 들려준 이야기였다.

창문 하나 겨우 딸린 골방에 유인되듯 따라와, 그 이야기를 들은 여인.

지금 내 앞에 앉아 있는 송 하영.

그녀가 송 하영이란다.

그때 석 달 가까이, 건듯한 바람처럼 허공 속으로 사라진 장미꽃 향기를 찾아 반 미쳐서 양평을 돌아치던 내 모습이 송 하영의 얼굴 위에서 폭포수처럼 떨어지고 있다.

"당신 이름, 송 하영이었어?"

그녀가 대답 대신 내 곁으로 와 앉았다.

허리를 감싸, 안겨들며 품을 파고들었다.

흥분으로 들고뛰는 가슴을 사정없이 묻어왔다.

"당신 이름, 김 영이었어?"

우린 굳이 서로에게서 대답을 듣고자 하는 물음이 아니었다.

이미 서로를 확인한 체취를 확인하는 것뿐이었다.

송 하영.

막 이승의 끈을 놓았다.

내 품을 안아 들이며 숨차게 들뛰던 그녀의 심장이 딱 멈추었다.

"우리 아이들."

그녀가 분명하고도 또렷하게 말했다.

송 하영.
그녀가 이란성 쌍둥이 남매를 우리 앞에 불러 세워 놓고 내게 말한, 마지막 말이었다.
양해도 없이 대뜸.
아니, 거부할 틈도 없이.
알량한 내 등 짐받이에 그녀의 짐을 몽땅, 털썩 얹어 놓았다.

그날, 한 시진도 못되게 내 곁에 머물다 건듯한 바람처럼 푸른 허공 어디론가 티도 없이 사라졌었다.
그녀 몸 안에 들어가 제물에 바로 터진 탓에, 구실 못하고 나온 못난이를 사십여 년을 홀 넘게, 송 하영이 품고 살았다.

"오호라….
지금 내게, 도대체 무슨 일이 일어났는가."

칠흑 같은 어둠 속에서, 덜미 잡혀 마주친 태양이 전광석화처럼 부릅뜬 두 눈을 뚫고 남김없이 박혀 들듯, 머릿속을 하얗게 다 태웠다.』

아이가 입안에 포도 두 알을 급히 넣어 주며 채근하듯 말했다.

"해-바라긴 송 하영만? 나! 여기 있잖아?"
"단인, 영순위지."
"볕이 따갑지 않고 따스하니 좀 더 이야기할까?"
"당근이지. 그럼, 벌써 들어가려고 했어? 이 보석 같은 볕을 두고?"

나는 답 대신 볕만큼이나 따스한, 미소가 가득한 얼굴을 숙여 단의 붉은 입술 위에 입술을 얹었다.
홍 단의 수밀도 같은 혀가 밀고 올라와 한참을 노닐다가 갔다.
이야기를 듣는 동안만이라도 이리, 잠시 아픔을 잊을 수 있으니, 이 얼마나 고맙고 고마운 일인가.

☆

국화-빵

『마른 숨길이 목젖으로 올라와 출렁거렸다.
금(禁)줄이, 허리만큼 박힌 겹 쇠말뚝에 여럿 둘렸다.
섬뜩한 붉은색 경고문이 벽지 아니, 사형수 목에 걸린 죄명처럼 들러붙어 있던 그곳에 지금 경천동지(驚天動地)할 일이 벌어지고 있다고 했다.
이 소식을 수화기 너머로부터 윙윙거리며 전하던 이 주사의 음성이 곧 터질 듯 상기해 있었다.

그곳은 약간 경사져 올라가는 Y자형 소방도로에 있었다.

길이 양쪽으로 갈라지는 곳에 쐐기처럼 박힌, 허름한 기와지붕의 집, 그 축대 담벼락에 빈대처럼 딱 붙어 있었다.

올해로 여든다섯인 그 집 주인 할매의 말로는 하마, 쉰세 해째라 했었다.

나는 더 뛸 엄두를 못 하고 양 무릎을 짚고 숨을 컥컥 토했다.

바로 얼굴을 들어 마주 보일 그곳을 똑바로 바라볼 용기가 없어 그 자세로 시간을 벌고 있다는 것이 옳았다.

건듯한 내리 바람 속에 오랫동안 잊고 있었던 구수한 냄새가 두 콧구멍 가득, 막무가내로 밀치고 들어왔다.

맞다. 국화빵 구워지는 냄새였다.

나는 가슴 가득 들이킨 냄새로 확실하게 확인하였다.

금줄과 겹 쇠말뚝이 온데간데없었다.

다 헐어 비닐조차 뒤집어쓰고 있기도 힘든 군용 텐트가 여전히 틀고 앉아, 그 앞에 뻘쭘이 서 있는 나를 비웃듯 입을 히죽 벌리고 있었다.

족히 여든 중반은 됐을 노파가 무명 소복을 단아하게 입고 텐트 앞에 앉아 국화빵 굽는 일에 열중했다.

또, 한 걸음 앞에 놓인 사과 상자 위엔 대살로 만들어진 채반이 잘 구워진 국화빵을 가득 품고 놓였다.

'맘껏 드세요'

라고 쓰인 글귀를 뽐내듯 명찰처럼 달고 있다.

오가는 사람들이 잘 구워진 국화빵 냄새의 유혹이 당연한 듯 주저 없이 손들을 채반 위로 뻗었다.

코딱지 덜떨어진 소년도 노파가 구워 내는 국화빵을 받아 채반에 옮겨 놓으며 한 개씩 집어먹는 쏠쏠한 재미로 국화빵틀 곁을 지키고 서 있었다.

나는 이 모든 상황을 두 눈으로 빤히 보고도 되레 머릿속에 안개가 꾸역꾸역 들어차 점점 더 혼란해졌다.

삼 일 전만 해도, 겹 쇠말뚝과 겹 금줄에 매여 있었던 텐트와 국화-빵틀이 맞는가?

'금줄 안의 물건을 절대 손으로 만지지 마세요. 신체에 심각한 해를 입을 수 있습니다.'

관할 구청장과 경찰서장의 이 같은 경고문을 겹 금줄에 영화 포스터처럼 덕지덕지 붙이고 있었던 그 구역이 맞는가?

지금의 상황이 전혀 받아들여지지 않는 나는 카메라를 끌어안고 그 자리에 철버덕 주저앉았다.

코딱지 덜떨어진 소년이 그런 내가 불쌍해 보였던지 국화빵 서너 개를 집어다 내밀었다.

제 얼굴을 멍히 올려보는 내가 안돼 보였던지 카메라 들고 있었던 한 손을 끌어다 국화빵을 올려놓았다.

"할매. 국화빵이 바삭하니 참 맛있네."

할매는 나의 어떤 말 붙임에도 입을 열지 않았다.

그저 빙긋이 웃을 뿐.

"할매 모습이 단아하니, 꼭 우리 할매 너무 닮았네. 고운 모습 찍어드려도 되겠수?"

나는 호들갑스럽다 할 만큼 할매 주변을 맴돌이하였다. 소년을 넣었다 빼었다, 연신 별별 앵글을 다 잡아 셔터를 눌러 댔다.

할매는 그저 주변이 부산스러운 것에 딱히 말 못하고 속없는 것 하듯, 빙긋했다.

언뜻, 밑도 끝도 없을 혼잣말을 할매 했다.

"들숨 날숨에도 인연이 들고나는 것을, 바람처럼, 흐르는 물처럼 가는 인연을 가두어 둔다고 가두어지시겠는가? 자네 맘 편케, 찍으시게나."

내가 이 금단(禁斷)의 지역과 처음 접한 것이 얼추 삼 년이 되지 싶다.

그때, 국화빵을 굽던 할배는 주소지를, 이웃으로부터 경포댁으로 불리고 있던, 할배가 텐트를 붙이고 있는 석축 담벼락, 그 허름한 기와집에 두고 있었다.

육십 년도 대선 때에 연고 없는 할배에게 동사무소는 경포댁의 자청이나 다름없는 동의를 받아 주소지를 가지게 되었다.

경포댁의 은근한 의중은 아랑곳없이 할배는 담벼락에 붙은 텐트를 한 걸음도 옮기지 않았다 했다.

할배가 노환으로 이승을 떠나고부터 소유하고 있었던 모든 것이 할배의 혼이 붙은, 귀신 들린 것이 되었다.

경포댁과 통장, 구청 사회과의 주도로 무연고 행려장(行旅葬)을 치르고 난 직후였다.

마을 주민들이 지켜보는 속에 할배의 소유물들을 정리하는 중에 그예, 일이 터지고 말았다.

고물 장수가 국화-빵틀에 막 손을 대는 순간 외마디 소리도 없이 경련을 일으키며 쓰러진 후, 영 이승을 뜨고 말았다.

그 혼란스러운 와중에 또 어디선가 기어든 황구가 거기, 다리 하나를 들고 실례를 하려다 말고 그 역시 숨이 끊겼다.

그 일로 해, 각 일간지며 언론 매체의 사회면 탑을 차지하게 된 것이, 취재의 인연이 되었다.

나는 발작중 같은 촬영을 멈추고 할매 옆 길바닥에 털썩 앉았다.

손등으로 이마의 송글한 땀을 훔치는 내게 할매가 물 한 컵을 쓰윽 내밀며 빙긋이 웃었다. 그리고, 시장할 것 같으니 국화빵이라도 드시게 하는 눈빛을 갓 구워 낸 빵 위에 가져갔다.

그 시선이 이상하게도 목메는 따스함을 가지고 있었다.

처녀 시절엔 참 고왔을 할매의 얼굴엔 풍우의 깊은 골이 험해 보였다.

나는 빵을 반입 베어 물고 절로 조심스러워 어눌하게 입을 열었다.

"할매. 쇠말뚝은 누가 치웠습디까?"

"그깟, 썩은 성냥개비 같은 쇠말뚝이 궁금하신가?"

그랬다. 타인에겐 생사가 달렸었던 촉수(觸手)가 할매에겐 그저 대수롭지 않은 그저 그렇고 그런 평범한 일이었다.

할배의 신기를 찍어 누르는 신기를 할매가 모시고 있는 것일까?

예전에도 사회복지과는 많은 무속인과 스님, 목사, 신부님들을 불러 할배의 알 길 없는 노여움을 풀고 저승길을 열어 극락왕생 천도를 유도했었다.

그럴 때마다 영매 노릇을 하던 그들이 하나 같이 경기하고 맥을 놓으려는 바람에 겹 쇠 말뚝에 겹 금줄과 경고문을 영화 포스터처럼 덕지덕지 붙이게 되었었다.

그 이전엔 중장비도 동원했다.

오기는 했어도, 원인을 알 수 없이 장비가 움직이지 않았다. 억지로 움직이려 들면 장비 기사가 안면마비가 되거나 사지가 뒤틀려 119를 부르는 일이 부지기수였다.

나중에는 이 소문들이 참으로 기괴하게 퍼져 거들려는 사람조차 없었다.

그렇게 삼 년이 흐르며 얄궂게도 이곳이 마을 성황-당 같은 기복처(祈福處)가 되어 갔다.

갑자기 머리털 끝이 우우 뻗치고 할매가 무서워졌다.

"댁이 기자 양반이라?"

"예."

"그럼 잘되었네. 출판사 하나 데려오시게나."

"네?!"

순간, 쇠망치로 머리를 얻어맞은 듯 땅 울리며 아무 생각도 일어나지 않았다.

"그동안 먹은 국화빵 값은 해야지?."

구청 사회복지과는 소식을 듣고 할매를 찾아와 저간의 일들을 구구절절이 이야기하고 할배의 유물들 정리를 부탁한 직후, 내게 입을 연 할매였다.
할배의 유품 중에 일기장이 있었다.
그 속에 쉰세 수의 시가 있었다. 할매는 그것을 시집으로 출간할 생각이었다.
할매의 말끝, 여운은 쉰세 수의 그 시가 할배의 염(念)이라는 생각이 들게 했다.
도대체 어떤 내용의 시일까?
교정까지 위임받은 나는 일기장을 제외한 원고를 할매로부터 넘겨받았다.
궁금해 도저히 거기 앉아 있을 수 없었다. 로또 대박 맞은 심정이 이럴까?
발행 부수가 형식적이라고 하기에는 너무 엄청나, 할매의 의중을 도저히 짚을 수도 없었다.
일만 팔백 부라는 것도 선뜻 이해가 정리되지 않았다.
할매는 그 적지 않은 비용까지 선뜻. 출판업자가 자리에 앉자마자 셈하였다.

"그 인사. 저지른 업(業)이. 백팔 배는 해야지, 저승길이 밝혀질 일 아니겠는가?."

주민등록상 성씨만 기재된 김 씨 할배의 쉰세 수의 시 원고를 교정하며 나는 특이한 사항에 생각이 마냥 달려가, 꽃을 피우고 지기를 흰 밤을 보냈다.

쉰세 수 하나같이 해만 다를 뿐, 무슨 기념일을 모아 놓듯이 한 달 한 날에 쓰인 시였다. 그것도 눈물 없이는 끝까지 읽어 내리지 못할 연모(戀慕)의 시였다.

그러고 보니 퍼뜩 생각의 끝이 닿는 곳이 있다.

겹 금줄이 둘리던 날, 할배의 유품 정리에 모두, 더는 손쓸 엄두를 못 내고 돌아들 설즘에 경포댁이 삼키듯 한 넋두리 말이다.

"와야 혀, 와야 혀, 와야 혀."

무엇이 와야 한단 말인가? 사람? 여자?

연모의 시로 봐, 막연히 여자일 것이라는 주변을 서성이느라 이 밤이 희도록 나는 끝을 잡지 못했다.

내가 나팔수 역할을 했다.

모든 언론이 사회면 첫머리로 할배를 실어 주는 바람에 시집은 생각 밖의 속도로 국화빵과 함께 손에 손으로 들려 갔다.

국화빵 굽는 할매가 그 손들을 따라가지 못해 몇 날을 몸살 앓는 안쓰러운 일이 있기는 했어도.

텐트 옆에 새 비닐을 뒤집어쓰고 산처럼 쌓여 있던 할배의 시집 『국화』는 민들레 홀씨처럼 백일 넘게 날아가더니 한 줌 남았다.

모두 날아가면, 할매는 김 씨 할배의 유품들을 정리해 주기로 구청 직원들과 약속했다.

『국화』가 출간되는 날부터 나는 할매의 도우미가 되어 그 곁에 살았다.

기자 나부랭이의 얄팍한 근성이 저변에 없지는 않았으나, 십년 전 돌아가신 내 할매의 향수를 문득문득 피웠다, 속 뵈는 변명이 될까 싶다.

그 짧지 않은, 백여 일이 넘는 동안에도 할매는 입을 열어 자신은 물론 할배에 대해 화두거리조차 내놓지 않았다.

그저 입을 꾹 다물고 국화빵만을 정성 들여 구워 내었다.

외 앓이 사랑처럼 내 마음만 조갈 내며 애달픈 것을, 할매가 그렇게 부러 즐기는 듯했다.

경포댁이 더러는 담 너머로 또는 먼, 지근(至近)에서 눈 밑에 손 그늘을 만들며, 멍~ 지켜보기는 했어도 말 한 자락 서로 나누지 않았다.

백 이레 날 어스름쯤, 할배의 시집 『국화』가 모두, 손에 들려 갔다.

미리 자로 재어 놓기라도 한 듯, 국화빵 재료들도 다 소진이 되었다.

할매가 뒷일을 놓고 그대로 텐트 안에 쓰러지자, 코딱지 덜떨어진 소년도 서너 개 남은 국화빵을 챙겨 들고 궁싯거리던 사람들과 같이 어디론가 흩어져 갔다.

내가 뒷일을 정리하느라 기기들을 만지며 달그락거리는 소리를 할매가 들었다.

"기자 양반. 내 기운 차려 말끔히 정리할 것인께, 댁도 여간 애썼는데 그
만 가 보소."
"할매. 신경 쓰지 마시고 그대로 쉬소. 힘 좋은 젊은 것이 해야 안 되겠소.
할매가 참으로 애쓰셨소. 애쓰시고말고."

할매의 희디흰 무명 소복(素服)이 궂은 곳을 다 닦아 낸 듯 꾀죄죄해졌다.

담벼락에 붙어 겨우 서 있는 보안 등이 조는 듯 할배의 텐트를 밝히고들
쯤, 채반에 먹을 것을 삶아 들고 경포댁이 왔다.
텐트에 씰쭉한 눈길을 한 번 주고는 모두가 듣게끔 소리 지르듯 냅다 말
했다.

"김 씨! 오늘 밤만 지나면, 참말로 내와 헤어지네? …. 징 하게도, 쉰세 해
를 갯바위 계딱지처럼 붙어 있더니…."

경포댁이 참으로 서운하고 헤어짐이 싫은 듯 치마 끝에 눈물 코를 팽하니
풀었다.
나와 할매, 세 사람은 한동안 암말도 못 했다.
경포댁의 그 맘이 어찌 짚이지 않았을까?

"할매. 참, 큰일 했소. 기운 차려야제. 좀 드소."

경포댁이 고구마 담긴 채반을 할매 앞으로 밀었다.

"맘 써 줘 고맙네요. 기자 양반도 어여 많이 드소."

할매가 채반을 내 쪽으로 밀어 놓았다.

나는 서먹한 연기를 흩어 놓기 위해 과장된 너스레를 떨었다.

두 할매에게 베물기 좋을 만큼 고구마 껍질을 벗겨 선, 하나씩 손에 들려 주었다.

먼저 우적 베물고, 내가 생각해도 아니다 싶게 맛있다고 호들갑을 폈다.

내가 들쑤신 모기쑥의 매케한 냄새에 보안등이 번쩍 눈을 뜨고야 경포댁 이 긴 고요를 깨듯 담담히 말했다.

"내 이런 말을 거그가 들으면 어떨지 모르것소, 그래도 내 해야 것소.

지금사 못하면 가슴이 영 바윗덩이 되겠응께.

김 씨 말이요.

내 서방이나 다름없었소.

한 이불 덮지도 않았고, 호적이랑 것도 얽혀 있지 않지마는, 쉰세 해를 서 로 의지하고 희로애락을 같이 혔응께.

김 씨 그녁은 모르겠으나 나는 그 맘 놓은 적이 없응께….

내도 어쩌지 못하는 그녁 유물들을, 거그가 뜬금없이 나타나 정리되는 것 을 보고 내 맘이, 맘이 아니었소.

심정이 여간 상해야지,

같이 울고 웃은 세월이 하, 쉰세 해인데…. 그녁을 알 만큼 안다고 혀며도, 일기 쓰는 것을 몰랐으니, 여간 서운했겠소?

거그 애쓰는 것을 부러 들여다보지 않았소. 미안허요.

거기 혈 일인 것만 같아, 솔직히 미안허지도 않소만."

"거그 말 듣고 보니, 좁쌀맹키로 내 한없이 작아지요. 텔레비전 뉴스만 듣고 실없이 나선 것 같아 내 공연스리 참으로 미안허지네."

"김 씨를 모르요?

아는 것이 뭣이 중요할까. 거그 신기가 참으로 예사 신기가 아닌 것 싶소."

서로 생각하는 것이 어긋난 듯 침묵이 밀려들었다.

그것이 속상한 경포댁이 터진 맘을 확 푼듯한, 얼굴색을 했다.

별들이 더 초롱초롱한 눈으로 우리 곁으로 내려왔다.

"그녁을 처음 본 것이 쉰세 해 전이어라.

그해, 장마가 접어들었을 때.

그날 일은 내게 사진처럼 생생하오.

장맛비가 좀 긋은 듯해, 뒤란 장독대 살피러 나갔다가 얼핏 내려다본 담 너머 이곳이었어.

걸인들이나 입을 법한, 검정물 들인 허름한 군복과 중절모 끝마다 연신 빗물을 줄줄 흘리고, 쫓겨난 개처럼 덜덜 떨고 있었소. 구걸 깡통 손잡이를 낀 팔짱을 잔뜩 움츠리고 있었지."

할매가 갑자기 모기 물린 듯 부채로 얼굴을 때리고는 그대로 가리고 있었다.

"그때까지만 해도 이따금 보아 온 일들이라.

한 점 혈육 없이 전쟁터에 서방을 받치고 질긴 목숨 혼자 있던 터라, 혹 그이가 살아 돌아온 것이 아닌가 싶은 생각에 찌개 올리던 일을 제쳐 놓고 서둘러 장독대로 되 나갔소.

그녁이 아직, 그저 거기 있었소. 버선발로 대문을 밀치고 나간 것이 그녁 과 첫 만남이었지.

갓 지은 밥과 풋고추에, 된장찌개 그릇을 넘겨주며 난 귀신 씌운 듯, 허우적일 틈도 없이 김 씨에게 몽땅 빠지고 말았구려.

잠시 비도 긋을 겸 집에 들어가 따뜻이 밥을 들라 했는데 한사코, 기다리는 사람이 있다고 해,

그래, 비 가릴 비닐우산만 건네었지.

그때 그렇게, 거기 한자리에, 소말뚝처럼 쉰세 해를 박혀 있더니.

글쎄, 내일이면 떠난다네?"

경포댁이 허리만 돌려 손으로 텐트 출입을 들춰, 젊은 시절, 곧 눈물 날 것 같은 미소로 박힌 김 씨의 흑백 사진을 보았다.

"맞소? 김 씨? 이 무심하고 무정한 인사야."

경포댁이 또, 코-눈물을 치마폭에 팽 풀었다.

"그리 맘을 몰라주니 참으로 애간장이 다 문드러졌겠소?"
"말해 뭣 하리. 밤이슬 맞고 찬 바닥에 앉아, 한뎃잠을 자면 몸 상하니, 빈

방을 내주어도 며칠을 그리 지내기에, 친정 오빠 도움을 받아 군용 텐트며 우의를 마련해 주었소.

그녀 맘을 얻고자 별별 짓을 다 했제.

그녀이 몸 상하지 않고 잘 지낼 수 있도록 온 맘을 썼소.

전등도 끌어대고 소형 라디오며 그때는 참, 구하기 힘든 전기담요까지. 끼니 수발도 했지. 그녀은 금세 떠날 사람이라고 한사코 거부했지만, 이미 내 온 맘이 그녀 것인 걸 낸들 어쩌겠수.

오빠가 내 머리통을 쥐어박아도 그리되는 것을.

물론, 그녀이 공으로 그것들을 받지는 않았소. 그녀이 생각해 내어 국화빵틀과 뻥튀기 기계까지 구해 주었어.

그녀은 그 자리를 한시도 뜨지 않으려고 소피를 깡통에 받아 두었다가 큰 일 보는 참에야 나를 대신 그 자리에 세웠는데 그것이, 찾아올 사람이 누군지도 모르고 지켜야 했우, 또 마땅히 대신해 줄 사람도 없었지.

그 고집이 어디 예사여야지.

나중엔 소피 해결하는 것을 기다렸다가 바로바로 내가 치우기도 했네.

지금에야 말하지만, 김 씨도 후일엔 알았겠지. 그녀 신원보증인 되기 위해 내 통장 일까지 자청했으니까.

그를 집안으로 끌어들이기 위해 구청이며 파출소 같은 곳에 환경과 치안을 구실 삼아 결국, 거짓 신고까지 내 했소.

파출소 끌려가기를, 텐트 안 뜯기려고 몸으로 덮치고, 그렇게 수없이 뜯기고도 맨몸으로 벌벌 개 떨듯 이곳을 지키고 서 있었던 모습이라니.

그들에게 두 무릎 착실히 꺾어 대성통곡하며 이 자릴 지키던 모습도 있었지.

그토록, 그렇게까지, 그녀이 기다리는 그 사람이 누구인지를 도통 모르겠어.

그녁이 필사적으로 그 자리를 그리 지킨 이유는 딱, 한 가지였지.

혹여 그녀가 와, 자신이 그곳에 없는 것을 보고, 그녀를 버리고 도망간 것으로 자신을 생각할까 봐.

생으로 도려내도 지워지지 않을, 그녀가 받을 마음의 상처, 화인으로 선명해질, 그 상처의 원흉이 될, 그녁 없는 텅 빈 그곳의 모습을 죽기로 한하고 싫어했지.

그 사람이 올 것을 그만치 굳게 믿고 있었다는 거 아니겠소?

김 씨가 그러하니, 한 이불 덮고 싶은 내 마음을 착실히 접을 수밖에."

"참으로 무심한 사람이었네. 이리 좋은 사람을."

할매가 나직한 목소리로 말했다.

경포댁이 다시 한번 윗몸을 틀어 텐트 안의 흑백 사진을 향해 소리쳤다.

"들었수? 이 무심한 인사야?"

나는 한 줌 남은 모기쑥을 모깃불 위에 올려놓았다.

"마을 사람들이 그녁을 뭐라 불렀는지 아시겠소?"

여치 소리에 화답하듯 귀뚜라미 소리가 아스라이 들려왔다.

"옴마. 그새 가을이 왔능 갑네."

경포댁이 소리 나는 쪽으로 목을 빼었다.

"내가 아무래도 사설이 긴 갑네.

그래도, 마저 듣소.

마을 사람들이 장승이라고 불렀어. 천하대장군 있잖소? 말 한마디 없는.

그 덕에 국화빵으로 돈을 참, 많이도 벌었제. 맛나기도 참 맛났고.

김 씨는 욕심도 없는 사람이었어. 벌리는 돈마다 좋은 일에 죄~ 썼은께.

그래야 그 사람이 어디서든, 밥 세 끼 따숩게 먹을 수 있을 것이라며."

할매가 갑자기 조갈증이 난다며 물을 찾아 한참을 등만 보였다.

경포댁이 뒷집을 손가락으로 슬쩍 가리키고 말을 이어갔다.

"이 집, 그녁 것이오. 명의만 내 앞으로 되어 있지 김 씨 것이라니.

삼십 년이나 됐나, 이십 년이나 됐나.

친정 오라버니 작은 사업이 실패해 은행 담보로 넣어 준 이 집이 경매에

넘어가, 나도 길바닥으로 쫓겨날 참에 김 씨가 변제 했제.

이력은 그 사람만 오면 혹 떠날 줄 모르니 명의 이전 같은 골치 아픈 일일

랑 그만두고 그냥 살라 했제.

말은 그렇지만 속내는 내게 입은 은혜 갚음이었어. 그때 내 심사가 어쨌

겠소?"

경포댁이 목을 뒤로 꺾어 쏟아지는 별을 한참을 담아 들였다.

별은 주먹만 한 울음이 되어 목 줄기로 꿀꺽 넘어갔다.

"무심한 인사. 무심한 인사."

할매가 그리 말하며 무릎 위에 모아 잡은 경포댁 손을 두 손으로 따뜻하게 끌어 잡았다.

"할매는, 내 애간장 끊긴 심사를 아는갑네?"

할매는 그저 말없이 끌어 잡은 경포댁 손등을 애기 재우듯 토닥였다.

"그녁이 그리도 기다리던 그 사람이라면 김 씨 젊은 얼굴은 기억하겠다 싶어, 상(喪) 치르고 나도 혹 모를 그 사람을 위해 사진을 그대로 뒀구만. 이제 씨잘데 없어졌으니 방에 도로 가져다 두고 볼라요."

경포댁이 손을 겹게 뻗어 할배 사진을 꺼내, 세운 두 무릎에 올려놓고는 그 얼굴을 한참을 쓰다듬고 들여다보았다.

"김 씨. 참, 사진 찍기를 죽기보다 싫어했제. 왜 그랬나 싶어. 이 사진 하나 찍는데 내 젖 먹은 기운까지 다 없앴다니? 앉히면 도망가고, 앉히면 도망가고….
그때, 젊은 개똥 아범이 큰 고생을 했지."

경포댁은 그때의 행복이 합죽선(合竹扇)처럼 퍼지는 듯 엷은 웃음을 폈다.

"그 참에 복스럽고 고왔을 얼굴도 곁에 박지 그랬소?"

할매의 억양에 묘한 위로의 빛이 반짝했다.

"어림 반 푼어치도 없었제.
그녁에겐 당치도 않고, 어림 없었제."

단호하게 말을 끝낸 경포댁의 얼굴엔 곰삭아버린 서운함이 절절했다.

"그녁 가기 전에 기적처럼 그 소원이 이루어지기는 했제.
요즘, 그 손전화인가에 사진을 찍을 수 있어 개똥 아범 막내 녀석이 그녁
국화빵 굽는 일을 거들고 있는 것을 몰래 찍어 내게 뒤로 숨겨 주던 것을
가지고 있기는 혀제.
그녁은 몰라라.
모르는 일이라.
알아삐렸으면 득달같이 빼앗아 쪽쪽 찢었을껴.
찢고말고, 찢고말고.
김 씨와 쉰세 해를 게딱지처럼 붙어 살았으믄서도 같이 찍은 사진이 그것
하나라.
그녁 독사진도 이것 하나고.
이것 하나 남긴 것도 기적 같혀.
내 악을 쓰고 그랬제.
사람 오는 것은 순서가 있어도 가는 것은 없다는데, 그녁 오면 뭘로 이녁

이 기다렸었다는 것을 알린담?

그땐 알려 뭣할 것이냐며 달려드는 것을 한 달 반은 들고 도망 다니며 남은 것이라."

"징그러운 인사. 징그러운 인사."

"그러지 마쇼. 내겐 둘도 없는, 서방이나 다름없응께.

하나도 징그럽지 않소.

그 모든 것이, 되 보면 꿈결같이 화사하니 펴진 합죽선 마냥 행복한 삶이었다니."

한참을 우러러 별을 담던 경포댁이 두 무릎을 손으로 짚고 겹게 일어나 작별 인사를 했다.

할매의 억양이 할배를 욕하는 듯 들렸던지 서운한 낯빛과 음색을 실어 말을 이었다.

"내일 정리 끝내고 뜨려면 힘들 것인디, 일찍허니 푹 주무쇼. 할매.

참 고생했소. 그 고마움 이승 뜨는 길에도 가져가리다.

주무시쇼.

기자 양반도 식구들이 기다릴 텐데. 소반일랑 내일 챙길 것인께, 게 두고."

보안등 불빛이 피곤해 보이기 시작했다.

"기자 양반. 그동안 참, 두루두루 애쓰셨소.

나도 내일이면 이곳을 떠날 터이니 훗날 인연이면 또 봅시다.

김승섭 장편소설 소꿉각시

이번에 단단히 진 고마움 꼭 답하리다. 복 많이 지으셨소.
어여 가소."

할매가 자식 떠나보내듯 손짓해 보이며 할배 텐트 안으로 들어갔다.

"내일 봬요 할매."
"보긴? 힘들 것 뭣이 있남? 그만큼 애썼음 됐소. 훗날 보세. 어여 가시게."
"저것들 할매가 감당 못 하요. 가요 할매."
"헛수고 마시고. 어여, 서두르시게."

할매가 더는 기척을 내지 않았다.
골목길을 반나마 내려온 나는 할매가 자꾸 목에 걸렸다.
뒷덜미가 뻐근하게 잡아당겨지는 바람에 그 곁에 좀 더 있다 일어설 요량
으로 되돌아 고양이 걸음을 했다.

할배 텐트는 이미 촉수 약한 전등불마저 꺼져 있었다.
나는 가방을 가슴에 끌어안고 그 곁에 고양이듯 앉았다.
보안등이 달라붙어 있는 담벼락을 끌어 잡고, 성성해진 넝쿨 식물 속의
풀벌레 소리도 멈추었다.

갑자기, 할배 텐트가 틀어막은 울음소리를 힘들게 냈다.
할매의 울음은 차라리 선혈을 숨도 못 쉬게 토하고 있는 것 같았다.
얼마나 그렇게 할매가 울었을까.

할매의 탄식 같은 음성이 생살을 찢듯 힘들게 울음에 떠밀려 나왔다.

"미련스럽기 짝이 없는 이 할방구야. 내 알아나 보겠소? 내 국화요.
그날 당신을 버리고 도망간, 미친년.
내 국화요. 국화."

할매의 울음이 너울로 변해 갔다.

"할배. 차가운 흙바닥에 놓인 이 관 속에 누워 쉰세 해를 기다렸소?
이 미친 할방구야?
할배 기억나오?
그날을 난 평생토록, 사진처럼 생생하게 잊을 수가 없소.
육이오 피바람이 집안을 거덜 내고 들려 준 동냥 깡통을 들고 당신은 이 길 오른쪽을 더듬어 내려왔고, 난 왼쪽 길을 더듬었지.
당신을 버린 예 말이요.
텅 빈 동냥 깡통 속의 빗물을 허기져 들이키던 당신을 두고, 아래쪽을 한 번 더 더듬어 오겠다고 한 것으로, 당신을 영영 떠나 버렸던 그 미친년이, 당신이 쉰세 해를 누워, 미친년을 기다렸던 관 속에 지금 뻔뻔스럽게도 누워 있소.
그, 쳐 죽일 년이 누워 있소.
여~보."

나는 벌떡 일어나 얼굴을 뒤로 꺾었다.

무너진 눈두덩을 감당할 수가 없었다.

"할배. 십여 년쯤 지나 내 여기 왔었소.

뻔뻔하게도, 심신이 만신창이로 찢어진 모습을 보이겠다고 말이지.

그러니, 얼마나 미친년이오?

감히, 당신을 볼 수 있으리라 생각이나 했겠소만.

당신을 보고 말았지. 한눈에 당신을 알아봤어.

이 미친년 두 눈구녕이 말이지….

당신 곁엔 복스럽게 생긴 젊은 여인이 붙어 앉아, 입가에 묻은 음식을 손으로 닦아 주고, 이마의 송글한 땀까지 제 손등으로.

그 길로 나는, 가슴이 통째로 홀렁 빠져, 그런, 이 미친년이 죽기 전에 당신을 한 번 더 보자고 또, 이 미친 짓을 하였소.

할배. 해마다 첫 초하루면 모든 일간지의 신춘문예 당선자 얼굴을 들여다보는 것이 내 해 맞이였던 것을 아오?

　　국화

　　천 번, 만 번, 마음먹어 보지만

　　돌밭에 깊이 내린 뿌리

　　걷지 못한다

　　밤마다

　　국화가 되고 싶은 나무는

　　허물 벗듯 가지를 벗어나

　　긁히고

둥지 　　　　　　　　　　　　　　　　　　　　177

깨지고

뜯기고

붉은 선혈 젖어

날갯짓 못 할 때까지

암흑을 헤매다

여명이 들기 전

서둘러

허물 뒤집어쓰고

가지 끝에

망막이 터질 만큼 들이대

오늘도

국화를 기다린다

시집『국화』에 실린 마흔네 번째 시 국화였다.
나는 더, 그 자리에 서 있을 수 없어 골목길을 뛰어 내려갔다.

다음 날 아침 수화기 저편, 이 주사의 음성이 심하게 더듬거렸다.』

감귤밭 새순을 둘러보고 우린 산방굴사(山房窟寺)로 향했다.
제주 산사들을 순례하다 그곳을 들러 본 뒤로, 단인 단 하루도 거르지 않
고 참배하듯 관광객이 없는 아침을 택해 들렀다.
서너 달 전부터 홍 단은 오래 걷기를 힘들어했다.
가시에 찔린 공기주머니 구멍에서 힘이 빠져나가듯, 그것이 눈에 보였다.

산방산은 노란 유채꽃들이 바다처럼 일렁이는 용머리 해안 끝머리쯤, 사방이 수직 절벽으로 이루어지고 높이는 사백여 미터가 못 되는 돔형의 돌산이다.

주차장에 차를 세워 놓고 산방굴사로 이어진 계단을 올라가야 했다.

단이는 처음에, 나를 의지하지 않고 오르다 곧 내 손을 찾아 잡지만 이내 등에 업혔다.

덕장의 명태처럼 볼살 빠지는 것도 모자라, 튼실한 엉덩이 살집이 죄 어디로 날아가고 박만큼 해졌는데도, 쉬어 쉬어 한 시간여 걸려, 굴사(窟寺)에 들어섰다.

산방굴사는 산방산 중턱 어름에 삼 층 집만큼의 암벽이 옹이 빠지듯 한, 동굴 안에 있다.

절에 도착하여 아이가 제일 먼저 하는 일이, 어두운 굴 저 안쪽의 돌 불상을 향하여, 바로 서서 크게 팔을 휘둘러 삼배하는 것이었다.

"나무 묘법연화경. 나무 묘법연화경. 나무 묘법연화경."

여느 사람들은 그 안쪽 불상 앞까지 들어가서 촛불과 향을 사르며 절하고 간절히 염하며 복전을 넣었다.

단이는 이곳에 둥지를 틀고 처음 들어가 본 이후로는 이렇듯, 입구 차가운 맨 돌 바닥에 사시사철 무릎을 꿇고 앉아 눈비 바람 모두 맞으며 오랫동안 불전에 빌었다.

그 간절한 염원 중, 극히 일부는 내가 불전에 염하는 것과 크게 다를 바 없을 것이었다.

그녀는 그 간절한 염원을 한 번도 내게 말한 일이 없다. 이따금 농처럼 묻노라면 이렇게 답하고 까르르 웃었다.

"많은 것을 알려 하지 마. 다쳐!"

굴사(窟寺) 앞은 아차 하면, 수직으로 수십 척 깎아내린 절벽이었다.

작은 쉼터엔 긴 의자 서너 개와 전설에, 스스로 바위가 된 산방덕의 눈물이 약수로 똑똑 떨어지는 암벽이 있다. 무병장수를 원하는 이들의 약수터다.

그녀가 기도 후에 꼭 챙겨 마시는 아니, 표주박에 정갈히 떠 내가 먹여 주는 곳이기도 했다.

굴사(窟寺) 앞 절벽 아래에 뿌리박고 솟아, 떡 지키고 서 있는 소나무의 위세가 딱 사천왕 같았다.

안전망이 둘러진 의자를 의지하고 서서 내려다보는 용머리 해안의 풍광을 단이가 그리 좋아했다.

용머리 해안과 산방산 사이를 휘둘러, 온통 유채꽃으로 흐드러진 때를 더없이 좋아했다.

그때를 간절히 기다리는 빛이 가득한 시선으로 멀리 화순항과 가파도, 마라도 형제도, 송악산을 더듬는 아이의 볼 빛이 차가워진 바닷바람으로 발그스레하다.

"자기야. 곧 흐드러지겠다. 빛이 그러네."

약수 담긴 표주박을 늘, 조심스럽게 내게 먼저 건네며 따스한 배려의 시
선을 보내는 홍 단이다.
그녀의 손을 잡아 열 계단을 내려와서 업고 내려왔다.

용머리 해안 쉼터에 차를 급히 세워 놓고 아이가 찾는 비타민을 가방에서
꺼내어 먹였다.
그녀의 이마에 송송 솟은 진땀을 면 수건에 찍어 낸다.
찬바람이 싸한 손바닥으로 내 볼을 만지며 곧 울듯 싶은 음색으로 말했다.

"미~안~해 여보. 여보, 미안~해. 정말 미~안~해 여보."

아이는 내 목을 끌어다 얼굴을 묻고 용케도 울음을 참았다.
따스한 물로 개운하게 닦아 주고 침대에 눕힌 뒤 비타민을 챙겨 주었다.
방 안 조명을 낮추어, 대낮처럼 집어등을 밝히고 수많은 배들이 조업하고
있는 서귀포 앞바다를 볼 수 있게 하였다.

뒷정리 끝내고, 대나무 채반에 밀감을 담아 침실에 와 보니, 아이는 그사
이 곤히 잠이 들었다.
가슴께 이불을 끌어올려 목과 어깨를 덮어 주었다.
곁 의자에 앉아 이마와 볼에 흐트러진 머리카락을 잠이 깰세라 쓸어 주었다.

"아이를 이루시고 있는 붓다 님들. 중에도, 암세포들을 이루시고 있는 붓다 님들. 이렇게 곱고 평화로운 아이가, 좀 더 오랫동안 제 곁에 머무르도록 붓다 님들 도와주소서. 이렇듯 두 손 모아 간절히 염원하고, 염원하고 또 염원 하나이다.

나무 묘법연화경. 나무 묘법연화경. 나무 묘법연화경.
단아. 사랑한다. 사랑해. 사랑해.
사랑해 홍 단아."

아이의 머리맡에서 숨죽여 기도했다.
늘, 입으로 터질 고통을 참느라 진땀이 송송 배어나던 단이, 이마에 입맞춤하며 나는 간절히 기도한다.
아이의 모든 아픔이 입맞춤 입술을 통하여 모두 내게 옮겨 오기를.
창문의 커튼을 단속하며 아이가 찾을 따스한 물을 미처 준비 못 한 것을 알았다. ❦

🪷 별리

나는, 새벽에 떨어진 동백꽃들을 모아 아이가 지나는 산책로 가에 하트를 크게, 두 번째 만들고 있다.

그녀가 이승의 끈을 놓을 시간이 얼마 남지 않은 것을 내 가슴은 이미 오래전부터 감지하고 있었다.
동백나무숲 어느 곳에 몸을 숨기고 홍 단을 지켜 보고 서 있을 저승사자를 내 피부는 싸하게 느끼고 있었다.
그 한기를 좀 더 가까이에서, 이즈음 느끼고 있다.
두 무릎을 꿇고 세 번째 하트, 만들다 말고 소리 죽여 울며 붓다 님들께 간절히 기도한다.

"붓다 님들. 이승의 붓다 님들. 아이의 몸을 이루시는 붓다 님들. 중에서도, 암을 이루고 계신 붓다 님들.
좀 더 오래 지내시기 편하신 이 몸 안으로 이주해 오소서.
온몸을 숨기지 않고 구석구석 다, 다 내어 드리지요.
붓다 님들. 제발. 제발. 제발 옮겨 오소서.
오소서.
오소서.

오시는 길 어두우시면 등신불이라도 밝혀 드리지요."

이렇듯, 기도밖에 할 수 없는, 무기력한 나 자신이 얼마나 서럽고 한심한 자괴감이 드는지, 그녀에게 죄스러운지 모르겠다.

나는 주방에서 단이가 깨어나기 전에 전복죽을 끓여 놓기 위해 조용히 손을 움직였다.
그녀는 벌써, 2주 전부터 둥지 떠날 준비를 내 알지 못하게 애썼으나, 나는 온몸으로 느끼고 있었다.

주방에서 저녁을 준비하고 있는 어느, 소리 죽여 처형과 통화한 이튿날, 단은 은행에 들러 통장의 잔고를 모두 고액권으로 인출하였다.
후일, 신분 확인을 할 수 없는 나를 위해 한 일을, 눈치가 없어도 어찌 몰랐겠는가.
그녀가 피 토할 것 같은 고통을 진통제로 참으며 내게 숨기고 있었으나, 내가 이미 오래전부터 익히 알고, 모든 일에 지극히 배려하고 있음을 그녀도 알고 있었다.
다만 서로, 서로의 심사를 위해 입 밖에 내지 않고 모르는 체하고 있었을 뿐이었다.

우리는 한가로이, 툇마루에 앉아 마당의 잡풀이 숨도 못 쉬게 웃자라 있는 것을 바라보고 있었다.

"자기야. 자기야. 자기야."

어느 이른 아침, 잠에서 깨어나 나를 찾는 홍 단의 음성이 여느 때와 달리 밝다.

"어. 나 여기 있어."
"뭐~해? 빨리 안아 줘."
"잠깐만. 가스 불 끄고."
"맛난 거 했~쩌?"
"어. 아주 맛나. 곧 간다. 일어나지 말고 기다려?"
그녀를 내려다보고 있는, 나의 뒷덜미를 안고 끌어다 입술을 포개어 왔다. 귓가에 볼을 묻고 달달한 음성으로 말했다.

"내 사랑. 내 사랑. 내 사랑. 내 신랑. 내 사랑."
"그만 어리광 부리지. 곱게 씻고 아침 먹자. 응?"
"자기야. 오늘은 다른 날보다 열 배. 아니 백 배. 아니, 천 배는 더 몸이 가볍다?
훨훨 날 수 있을 것 같아?
곱고 예쁘게 씻고 화장해 줘. 응?"
"이녁. 오늘 쉬자. 몸살기가 풀리지도 않았는데, 무리야."

그녀가 어제부터, 일어나 앉아 있기 힘들 만큼 몸에서 힘이 빠져 있었다.
아이는 어제 하루, 나의 만류로 산방굴사에 가지 못한 것을 품에서 잠들

때까지 내내 안타까워했다.

"으~응?.
구름 위에 누운 것 같이 기분이 너~무 너~무 좋아. 좋단 말이야. 응? 오늘
목욕하고 싶다. 응?"

아이를 안아 들고 욕실로 가며 나는 서럽게 고개를 끄덕였다.
그녀는 늘, 아침 식사 후 바로 응가를 했다.
비데가 있지만 쇠줄 호수에 이어진, 샤워기의 따스한 물로 하초와 밑을
닦아 주었다.
그녀를 욕조에 앉혀 놓고 따스한 물을 목이 잠길 때까지 물을 받았다.
한기 들지 않게, 따뜻한 손 물을 끊임없이 뒷-목에 흘려주었다.
오이 향이 그윽한 비누와 샴푸로 거품을 만든다.

"자기야. 너~무 시원하다. 오이 향이 참 좋다.
당신도 같이 씻자? 씻겨 주고 싶어. 응?"

나는 옷을 벗어 옷걸이에 걸치며 불현듯, 아이와 마지막 목욕일 것 같은
불길한 느낌으로 온몸에서 서늘한 한기가 흘러내렸다.
따스한 목-물이 그녀의 두 볼을 촉촉하고 발그레하게 만들었다.
목물이 욕조를 반나마 넘쳐흘렀을 때, 아이의 뜨거운 손이 뒤로 뻗어 와
대뜸, 나의 것을 부드러운 악력으로 이뻐했다.
이 상황에서도, 그것은 몇 번의 이쁨을 받자 염치도 없이 들고일어나, 신

두 끝으로 불꽃놀이를 시작했다.

욕조 배출구를 열어 목-물이 다 빠지기도 전에, 그녀가 뒤돌아 내 허벅지 위에 냉큼 올라앉으며 말했다.

"자기야. 이거, 그때처럼 넣고만 있자."

그녀의 음색에서 또, 이것이 우리의 마지막 합궁이라는 것을 염병하게도 가슴 시리게, 거듭 예감하였다.

홍 단은, 그것을 하초에 가져가기 무섭게, 청개구리가 맞난 반딧불이 삼키듯 빨아들였다.

나는 그녀의 부탁과 달리, 아이의 두 볼기짝을 안고 부드럽게 들썩였다.

"아! 여보. 사랑하는 내 신랑. 사랑하는 내 신랑. 아! 사랑하는 내 사랑."

그녀가 내 목을 끌어안고 귓가에 달짝지근한 온천수를 쏟아 냈다.

얼굴을 숙여 단의 젖무덤을 입안에 가득 물고 있는 나의 눈에서는 주체할 수 없는 뜨거운 눈물이 대구 쏟아졌다.

오이 향 머릿기름을 바르고 곱게 빗질한 머리채를 뒤통수에 틀어서 고무줄로 쪽 지었다.

"여보. 분단장도 해 주고, 앵두 입술도 만들어 줘. 응? 오늘 이뻐지고 싶다. 오늘, 이상하게 소복도 입고 싶다. 입혀 줄 거지? 응?"

김승섭 장편소설 소꿉각시

"알았어. 이녁 하고 싶은 대로 해. 맘에나 들까 모르겠네."
"아냐. 당신이 꾸며 주는 단장은 숯 검댕이래도 난 좋아.
정말 좋다니?
당신이 해 주는 단장, 기대된다. 정말."
"기대하면 안-되지?"
"당신만 날 알아보면 된다니?"

아이 등 뒤에서 쪽 머리를 매만지며 미처, 끌어 잡지 못한 뜨거운 눈물이
내 두 볼을 타고 죽 흐르고 있었다.

"내 사랑.
이야기해 줘 응? 당신 이야기가 듣고 싶다 응?"
"힘들지 않겠어?"
"누구 이야기인데 힘들어? 내 사랑 이야기 듣고 있노라면 곁에서 손가락
을 끊어가도 몰라.
참이라니?"

깃털같이 가벼운 아이를 업고 부엌문으로 해서 뒤뜰로 나섰다.
내 속의 모든 것은, 아이의 깃털 몸무게에 눌려 걸음걸음마다 밑으로 죄
빠지고 있었다.

나는 볕 따스한, 그녀가 좋아하는 동백나무에 기대어 앉아 아이의 등을
편하게 품었다.

돌이나 다름없는 포도알 하나를 입술로 받고 이야기를 풀어 간다.

☆

이승의 끝자락에서

『처사(處士)님은 만추(晩秋) 향기 그윽한 어느 날, 솔숲의 한 자락 바람결처럼 우리 곁에 오셨습니다.

내가, 시봉(侍奉) 올리는 큰스님과 단둘이 기거하는 움막을 어찌 아셨는지 난, 모릅니다.

아니, 처사님은 처음부터 전혀 모르셨다는 말이 옳을 것입니다.

그저, 그저, 지나시는 길에 잠시 쉴 요량으로 움막 앞, 풀을 감아쥐려 내뻗은 우설(牛舌) 형국의 너럭바위에 앉아 계셨었을 뿐.

움막은, 오랜 소나무 두 그루가 힘들게 비집고 들어앉은, 형제 바위 틈, 눈여겨봐야 떡갈잎처럼 붙어 있는 지게문을 알 수 있었습니다.

하필 그때, 나는 산 아래 말사(末寺)로 공양미(供養米)를 가지러 가, 움막에 없었습니다.

그날 아침, 공양을 끝낸 큰스님이 발우를 토마루에 내놓았습니다.

지게문을 닫던 스님이, 나를 불러 말을 했습니다.

"보우야. 보우야…. 오늘 낼, 형용(形容)할 수 없는 손이 오실 듯하니, 불손하게 나서지 말거라."

면벽참선(面壁參禪) 중이시던 큰스님이 해우소(解憂所)를 찾아 나서다 처사님을, 고양이 걸음으로 해우를 끝내고 난 후에도, 그 자리에 등을 보이고 앉아 계신 처사님의 모습이 별스럽게 마음을 끄는지라 그림자처럼 그 곁에 떨어져 앉으셨답니다.

"이리, 풍광 수려한 곳에서 참선하시니, 절로 붓다(Buddha)가 되시겠습니다."

밑도 끝도 없이, 지리산 산세만을 굽어보시던 처사님의 말에 큰스님의 가슴이 덜컥 내려앉았답니다.
알 것도 같은 무엇인가에 뒤통수를 호되게 얻어맞은 충격이었답니다.

그렇게, 처사님과 스님의 만남이었습니다.
아니, 큰스님이 스승을 만나셨습니다.

스님과 저는 처사님에 대해 아는 것이 전혀 없습니다.
속명(俗名)은 무엇인지, 어디 사시는지, 결혼은 하셨는지, 하시는 일은 무엇인지, 나이는, 이쪽에서 묻지도 않았고, 처사님 스스로도 말하지 않았습니다.
우리와 함께 계신 것은 일박 이틀이지만, 굳이 시간으로 따져보면 채, 스무 시간도 못 되었습니다.

"햇살이 참, 좋습니다.

저, 무지개를 품고, 삼억 칠천칠백일십이만 오천리(里)를 달려와, 숨도 고르지 않고, 저리도, 붓다(佛陀)의 인연(因緣)들을 이루고 있으니….

어디, 그 인연이 예 뿐이랴.

저 인연을 두고, 삼라만상(森羅萬象)의 모든 것이, 어찌 그 존재 자체만으로 깨달음의 연이라, 각자(覺者)라 하지 않을 수 있는가.
붓다의 연이 참으로, 찰라(刹那) 구나."

처사님의 이 독백은 치마폭이 돼 큰스님과 함께 산자락을 스르르 덮어 내렸습니다.
큰스님은 바로, 처사님으로부터 서너 걸음 물러나 두 무릎을 꿇고 머리를 숙였습니다.

해거름에 도착한 나 역시 영문 모르는 채, 스님 따라, 그 뒤에 무릎을 접었습니다.
처사님 등 뒤까지 바스락거리며 굴러간 갈잎 서넛이 부드러운 돌개바람에 솟았다가 내려앉았습니다.
스님이 조심스럽게 공양을 손가락으로 지시했습니다.

"시리도록 아름다운 저 붓다의 인연들이 어찌 이승의 끝자락에서야 눈에 넘쳐나도록 들어오는 것인지…."

처사님의 음색이 처연하게 산자락을 덮어 내려갔습니다.

아니, 스님과 제 가슴을 덮었습니다.

멍한 내 얼굴과 달리 스님은 깊은 눈매를 눈물로 채우고 있었습니다.

서쪽 능선으로 넘어가던 붉은 일몰이 발끝에 걸려 넘어졌는지, 펄펄 끓는 용광로(鎔鑛爐)를 바닥까지 쏟아 비운 듯, 너럭바위에 앉아 있는 모두를 태우고도 남아, 온 산을 활활 태우고 있습니다.

조촐한 공양이 발다라(鉢多羅) 하나로 너럭바위 낙조(落照) 속에서 승화(昇華)되었습니다.

"붓다의 맛이 여기도 있었습니다 그려."

처사님이 발다라의 숭늉을 소중히 둘러 마시고, 두 손으로 공손하게 발우를 내게 건네며 얹으신 말씀이었습니다.

"스님. 난 붓다의 인연과 더불어 붓다의 인연을 이루며 존재하면서도 그것을 알고 있다는, 하찮은 그 알음알이를 모든 붓다들께 유세(有勢)를 떨었다오.

얼마나 우습소?

삼라만상 모두가, 존재 그 자체로 곧, 붓다인 것을…."

스님이 갑자기 통곡하듯 목 놓아 우시기 시작했습니다.

그 울음소리가 어찌나 처연(凄然)했던지, 부엉이가 조심스럽게 다독이고 나섰습니다.

발우를 면포(綿布)로 닦아 시렁에 올려놓고 제자리에 무릎을 접었을 때야, 스님의 울음이 진정되었습니다.

너럭바위는 어둠에 묻히고, 사~븐 사~븐 움직이는 별소리만 오랫동안 떨어집니다.

"스님. 세상의 어리석음 중, 유세(有勢)만큼 유치한, 욕심스러운 어리석음이 또 어디 있겠소….

가진 것이 좀 있다고, 몸피가 좀 있다고, 인물이 좀 있다고, 아는 것이 좀 있다고, 소질이 좀 더 있다고, 권력이 좀 있다고, 이것들을 가진 자를 좀은 알고 있다고, 이타심(利他心)을 좀은 행하고 있다고.

무엇을 바라고, 알아주길 바라는 그 욕심들….

이것들보다 더 유치하고 어리석은, 그 유세를 내, 미소 속에 숨기고 있었으니, 붓다 님들께 얼굴들 면목이 없습니다.

볼품없는 그 모습.

볼품없는 그 맘.

영 볼품없는 참 나를, 붓다 님들이 얼마나 짠- 해 하셨을까…."

처사님의 말이 끝나기도 전에 스님은 또다시 피 토하는 울음을 쏟았습니다.

놀란 부엉이의 검은 형체가 너럭바위 아래로 툭 떨어졌습니다.

"스님. 제 스스로가 온전한 붓다임을 미처 모르고 있는 중생들의 절절한 기복심(祈福心)을 고무풍선처럼 마냥 부풀려, 공기 방울 같은, 종교라는 미명(美名)으로 미혹(迷惑)하여 가두 듯 들어오게 하고, 넘치는 시주(施主)로 기복의 무게를 가늠케 하는, 스님들의 그 허황한 분열(分裂)이, 그누구로부터 유전되었나?

아마도, 그분의 유일한 실행(失行)이라는 생각이 듭니다.

마음을 닦음이, 시주를 주고받는 것을 당연시하는. 또, 허세(虛勢)로 마냥 부풀려진 유세 속 그 어디에, 붓다 님들이 들어앉을 여가(餘暇)가 있겠습니까."

스님의 울음소리가 숨 막히는 듯 꺼억, 꺼억 끊어졌습니다.

"남 보기에, 마음 닦는 것으로 보이는 그것 또한 허망(虛妄)한 유세입니다. 스님. 그 또한, 어느 분의 말처럼, 오른손이 하는 일을 왼손이 몰라야 하는 것 아니겠습니까.

사바세계(娑婆世界) 속에서 대중과 살을 비비며 함께 숨을 쉬고 살아야, 백팔번뇌(百八煩惱) 중 그 어느 하나라도 깨달아, 번뇌를 덜어 내지 않겠습니까.

그러하게, 존재의 몫을 다하여야, 깨달음으로 가는 지름길인 것을….

깨달음은, 긴 듯 아닌 듯, 물 흐르듯 흘러야 청정하고 썩지 않는 것을….

삼라만상 처처가 극락정토인데… 어찌, 한곳에 머물러, 깨달음 수행이라는 미명의 욕심과 허망스러운 유세(有勢), 기복(祈福) 욕심 가득한 시주(施主), 뒤 섞여 안주(安住)하며, 스스로들 부패하고 있는지….

스님. 작금(昨今)의 종교라는 것이 순(純)기능보다 역(逆)기능이 더 성(成)하니, 이 아니, 이 아니 슬픕니까."

가을 향기가 뚝 뚝 물든 미풍이 너럭바위를 찾아와 잠시, 승무(僧舞)를 멋들어지게 추고 갔습니다.

"스님들, 이 성대한 가을 잔칫상이, 이승의 끝자락에서 너무 버겁습니다."

처사님이 부스스 일어나 허리춤을 내리고 너럭바위 아래로 소피를 내리며 혼잣말합니다.

"고맙습니다. 소피 님들.
더 좋은 인연들 이루시어 붓다의 연꽃 향기를 마음껏 즐기십시오.
나무묘법연화경(南無妙法蓮華經). 나무묘법연화경. 나무묘법연화경."

허리춤 올린 말미(末尾)엔 두 손을 모아 합장을 하고 허리를 정성스럽게 굽혔습니다.

"하나의 더불어 인연 덩어리인 이 몸을 찾아와 두루두루 인연들을 이루시고 또 다른 인연들을 이루시려 가시는 붓다 님들이십니다.
어찌 고마움을 담고만 있겠습니까.
가을 향에 흠뻑 젖어, 이 가슴 가득 들어오셔서 두루두루 인연들을 이루시고 나가시는, 이 숨길의 붓다 님들은 또, 어떠하십니까."

처사님이 두 팔을 한껏, 밤하늘의 온 별을 다 품으실 듯 벌렸습니다.
풀벌레며 산새들이 다투어 안겨들 듯 바로 기척을 냈습니다.

"내가 저 구름이면 그대들이 저 바람이고. 내가 저 보리수면 그대들이 저 볕이고. 내가 저 샘물이면 그대들이 저 수로이고. 내가 저 청 벌레이면 그대들이 저 찌르레기요, 나뭇잎인 것을.

내가 저것들이며 그대들이고. 더불어 인연인 그대들이 이것이며 나인 것을. 내가 멸해야 저것이 생하고. 저것이 멸해야 그것들이 생하며. 그것들이 멸해야 내가 생하나니….

허니, 더불어 인연인 붓다 님들께 어찌 매사를 감사하지 않으리.

삶 자체가 곧 살생이니,
붓다가 붓다를 먹고 붓다를 낳는구나….”

꿈결인 듯, 처사님이 시나브로 일어서 있습니다.
너럭바위를 아니, 큰스님과 저를 중앙에 두고 걷는 듯 마는 듯 만자(卍字) 방향으로 걸으셨습니다.
밤하늘의 별들도 처사님을 따라, 차갑고 투명해지는 빛으로 함께 했습니다.
처사님의 음성이 밤이슬을 머금은 듯 다소 무겁게 어둠 속을 울렸습니다.

“알음알이 멍석을 펼치고 원숭이 뛰놀듯 하는 분별심이 붓다를, 막무가내로 밀쳐 냅니다.

삶 자체가 곧 살생입니다.
삶 자체가 곧 살생이지.
부처가 부처를 먹고 부처를 낳는, 삼라만상(森羅萬象)의 자궁(子宮)이지.

별리   197

자궁이고말고."

처사님이 풋고추 하나를 집어 반으로 부러뜨렸습니다.
스님의 손바닥 위에 부러진 고추를 들고 엄지와 검지로 잡고 비비대 그
속의 씨앗들을 떨어뜨렸습니다.

"이 작은 고추씨 속의 가없는, 더불어 인연의 세계가 보이십니까?
여기에 따스한 햇살이 인연으로 들고 수분의 인연이 감싸면 잎이 솟고 또
한 뿌리가 흙의 인연 속으로 뻗어 낮과 어둠의 정기까지 인연으로 들고
나, 자라기 시작합니다.
그 인연들의 들고 남은 하 많은 또 다른 인연으로 들고나니.
줄기 뻗고 가지 뻗어 잎 피고 꽃 펴, 열매 맺어 또, 다른 소우주를 더불어
인연의 환(丸), 생명의 씨를 내어놓습니다.

스님들이, 살생을 업(業)으로 생각하고 수행과 깨달음의 경계로 삼는 것
이라면, 걸음을 너무도 크게 잘못 놓은 것입니다.
우리가 아무 의식 없이 행하는 한 숨길에도, 나의 의사와 관계없이 이루
헤아릴 수 없는 살생이 행하여지고 있습니다.
내가 손을 쓰는 일에도.
풋고추를 잡고 부러뜨리는 일에도 하 많은 살생이 이미 나의 의지와 상관
없이 행하여졌소.
스님들이 취하는 공양에도 이루 셈할 수 없는 살생이 행하여졌고, 바리때
를 잡는 일에도, 접음을 잡는 일에도, 가사 적삼을 입고 세탁하는 일에도.

대웅전으로 들어가 세존께 절하는 일에도.

깊이 숨을 들이쉬고 내뱉는 그 일에도.

꺼억거리며 마시는 숭늉 한 대접으로도 하 많은, 억겁으로도 씻을 수 없는 살생의 업을 짓고 있는 것이요.

그들의 생각대로라면 그렇고말고요.

우리가 아무 생각 없이 까딱 움직이는 이 손가락, 이 한 동작 주변에도 박테리아나 세균과 바이러스.

그 미생물들의 위치로 보면 허리케인 같은 회오리바람이 일어나고 있어 셀 수 없는 생명, 붓다 님들이 죽을 수 있는 것입니다.

보여야.

움직여야.

피를 흘려야, 귀한 생명이라고 생각하는 것은 매우 위험하고 작위(作爲)적인 사고방식(思考方式)입니다.

우리가 생명이라고 생각할 수 있는 모든 것의 가치, 그 개개의 무게는 다 똑같습니다.

더불어 인연의 덩어리인 나와 그대들의 무게나, 작은 고추씨의 무게나, 우리 눈에 보이지 않는 세균과 박테리아, 바이러스의 무게가 다 같은 것입니다.

나름의 파동을 지닌, 더불어 인연의 무리를 이룰 수 있는, 눈에 보이거나 보이지 않거나, 삼라만상의 형상으로 더불어 인연을 이루어가고 흩어지는, 인연으로 들고나는 양자, 소립자나 원자나 분자의 무게 또한 모두들 같은 것이고말고.

눈에 보이는 것, 움직이는 것, 피를 흘리는 것이 더 귀하다고 생각하는 것은 그 위치에 오만하게 앉아 깨달음을 바라보는 어처구니없는, 유세(有勢)랍니다.

보이거나, 보이지 않거나, 느껴지거나, 느껴지지 않거나, 만져지거나, 만져지지 않거나, 냄새 맡아지거나, 맡아지지 않거나, 맛이 나거나, 나지 않거나.

모두는 존재, 그 자체로, 완전한 진리요 깨달아져 있는 붓다(깨달음) 님들입니다."

처사님이 문득 걸음을 멈추고 가슴을 한껏 부풀려 새벽 공기를 담으십니다.

"느껴지십니까?….
새벽 만추(晩秋)의 향.
이 자체로, 형용(形容)할 수 없는 붓다 님들이구려.

부처가 부처를 먹고 부처를 낳는 자궁의 진리는, 존재가 존재를 먹고 존재를 낳는 곧, 존재들이 붓다(깨달음)로, 더불어 인연(因緣)에 의해 들고 나는 것이랍니다.

혹여 이것이, 고의적(故意的)인 살생을 합리화(合理化)하는 뜻이 아닌 것은 아시겠습니까?

글자 그대로, 살생을 금하는 수행이었었다면.
고타마 붓다는 숨부터 쉬지 말았어야 했어.

이것이 있음은, 저것이 있고, 저것이 있음은, 이것이 있고, 이것저것 있음은 저것 이것들이 있음인.
그 더불어 인연과 연기는 그저, 삼라만상 속에 묵묵히, 제 파동을 가지고 같은 파동을 가진, 어우러질 수 있는 파동을 지닌, 그것 저것들을 찾아 인연으로 걸어 들어가며, 내가 가진 것을 아무 조건 없이 서로 주거나 버리거나 받거나 놓으며 인연을 행하고 또 다른 인연을 찾아 떠나가며 또 아무 조건 없이 내가 가진 일부를 주거나 버리거나 받거나 놓으며 변함없는 더불어 인연의 걸음 보로 들고날 뿐이랍니다.

내게 찾아오는 인연의 붓다(깨달음) 님들이 소중하고 귀한 것이듯, 내게 인연을 다하고 또 다른 인연을 찾아 떠나가는 그 인연의 붓다 님들 또한 소중하고 귀한 것입니다.

하나의 인연으로 모였다가, 그 하 많은 인연들이 또 다른 인연을 찾아 떠나는 모습을 물에 비추어 보자면 이럴 수 있습니다.
물은 증기로.
증기는 구름이나 눈(雪), 우박으로.
눈과 우박은 비로.

또 물은 얼음으로.

얼음은 물로.

이 경이로운 더불어 인연들이 들고나며 수없는 인연들을 조건 없이 주고, 받고, 놓아버리는 붓다 님들의 기적을 이루고 있습니까."

처사님이 시나브로 걷고 있습니다.

새벽의 별들도 여전히 따르고 있습니다.

새벽 만추의 향이, 한바탕 승무를 펼치며 따르고 있습니다.

"같은 파동을 가진, 또는 어우를 수 있는 더불어 파동을 지닌 양자, 소립자의 더불어 인연들이 원자를 이루고.

원자들의 더불어 인연들이 또 저만의 특성을 보이기 시작하는 분자를 이루고.

분자의 더불어 인연들이 생명이라 말할 수 있는 바이러스 또는 세균이나 박테리아 등의 미생물까지 인연을 이루고.

세포들의 더불어 인연들이 더 큰 더불어 인연들을 이루어 이제 우리의 맨눈에도 보이기 시작하는 더불어 인연들의 덩어리를 이루지 않습니까.

우리가 생명체라 이름을 붙이거나 말거나, 이것저것 그것들의 더불어 인연들을 능가하는 기적(깨달음)이 소우주와 대우주 밖 어디에 또 있습니까.

이 가늠할 수도 없는 소우주와 대우주의 자궁들이 고타마 붓다의 더불어 연기론과 더불어 인연법에 의해 깨달음(붓다)이 질서정연하게 움직이고 있거늘.

더불어 인연들의 걸음걸이는 늘 같아.
변함이 없지.
결코 멈추는 법이 없어.
소의 걸음걸이로, 피부나 입, 코로, 내가 알지 못하게 내 안에 걸어 들어
와 몸 안 여기저기 결코 걸음을 멈추지 않는 더불어 인연들을 행하고는
또 다른 더불어 인연들을 찾아, 내 몸 밖으로 걸어 나갑니다.

이 고마움들이 눈에 젖어 들기 시작하면 그때 보이기 시작합니다.
내가 바람이 되어 거침없이 인연을 찾아 떠나는 것이.
들어가는 것이 보이고.
물이 되어 인연을 찾아 떠나는, 들어가는 그것들이 보여.
흙이 되어, 볕이 되어 또 그리 떠나고 드는 것이 보입니다.

이러하니, 삼라만상 어느 것 하나 나 아닌 것이 없고 나 아닐 것이 없는
것입니다.
허니, 어찌 이타행(利他行)이 남을 위한 것입니까.
남을 위한 것이 곧 나를 위한 것임을 이렇듯 붓다(깨달음) 님들은 말하지
않습니까.

불심(佛心)은 이타심(利他心)이요 행치 않는 이타심은 불심이 아닌 것을."

깜박, 너럭바위에 이마를 찧기 전에 정신을 차렸습니다.
처사님의 온몸에, 금빛 여명이 숨 쉬는 듯 움직이고 있습니다.
너럭바위 아래 만추의 산세(山勢)들도 그러했습니다.

"삼라만상의, 더불어 인연들의 거칠 것이 없는 들고남의 그, 가없는 옷(肉身)의 자유.
진정한 그 자유가, 고타마 붓다가 그렇게 설하고 싶은 당신의 깨달음이었습니다.

그 자유가 곧, 우리의 옷이, 삼라만상을 이루고 있는 물질의 진정한 존재이며 본성(本性)이라는 것이었습니다.

사과를 갉아 먹듯 지구를 갉아먹고 있는 생명들.
똑같은 유전인자를 하나하나 찾아 역으로 지워가다 보면 어느 때엔, 단일 DNA를 지닌 박테리아만이 남습니다.

생각하기에도 끔찍한 혜성의 지구 충돌은 지구상의 풍성한 생명체들을 일순 전멸시켰지요.
수십 킬로미터에 달하는 바다 바닥까지 얼어 버린 절대 온도.
수만 년 동안 그 얼음 바닷속, 바위의 균열 틈, 틈에 은둔하여 지열의 도움으로 인고의 빙하기를 넘기고 살아남은 단일 DNA의 박테리아.
빙하기가 끝나고 바닷물이 풍성하게 넘실거리는 수면으로 부양한 박테리아의 그 긴, 더불어 인연인 진화의 시간 속을 지나며 DNA를 하나하나

김승섭 장편소설 소꿉각시

더하는 더불어 인연은 지구상의 모든 생명으로, 이 순간도 옷을 바꾸는 디자인을 하고 있지 않습니까.

이러거늘, 사위에 더불어 존재하는 붓다 님들과 내가, 어찌 그 가없고 경이로운 더불어 인연의 기적이 아니겠습니까.

소우주와 대우주의 그, 가없는 더불어 인연보다 더 경이로운 기적이 어찌 이 우주 안에 또 있습니까.

그러니, 이타(利他)의 이타행(利他行)은. 남이 아닌 바로 나를 위하는 것입니다.

그렇고말고.

허니, 삼라만상과 더불어 우리는 하늘의 벌을 받아 윤회하는 천형불(天刑佛)입니다, 그려.

내가 빌려 입고 있는 이 옷의 더불어 인연은 붓다(깨달음) 님들만 있지, 참 나는 없습니다.

인연들이 들고나며 서로 배려의 나눔과 놓을 줄 아는 그 마음 씀.

그 마음 씀이 곧, 붓다(깨달음) 님들이 아니신가.

가없는 삼라만상의 더불어 인연들.

그 옷을 통제하고 있는 것이 곧 참 나입니다.

바로 그 영혼.

그 영혼의 너울이 참 나입니다.

영혼의 너울.

그것은 보이지도 않고 느껴지지도 않는, 아메바 모양을 닮은 파동(波動)

과 같습니다.

의도성 있는 파동이 아닌, 순수 이타행(利他行)의 파동을 지닌 영혼의 너울만이 그 몸을 이탈하여도 파괴되지 않습니다.

그것은, 순수 이타행의 파동만이 영혼의 너울과 어우러지며 삼라만상을 품어 움직이고 있는 대우주의 너울과 그 파동이 일치되게 변환되기 때문입니다.

의도성 있는 이타행 말입니다.

순수 이타행을 하지 않는 영혼의 너울이나, 남의 눈물을 먹고 커지는 그 파동들. 고의적인 해악(害惡)이나 이기(利己), 유세(有勢) 따위의 너울을 지닌 그 영혼의 파동들 말입니다.

이렇듯, 순수 이타행으로 정제(精製)되지 않은 너울들은 옷을 벗는 즉시 대우주의 너울과 역행(逆行)되어 있어, 그 흔적도 없이, 파괴되어 아지랑이처럼 사라집니다.

더불어 인연인 나(몸)를 통제하고 있는 것이 참 나인, 나(영혼너울)입니다."

큰스님이 무언으로, 공양 준비를 눈짓하며 일어나 공양주(供養主)를 자임(自任)하였습니다.

다진 매실장아찌 하나만을 고명 얹은 주먹밥에 온 정성을 다하는 스님을 아는지 모르는지.

처사님은 금빛 여명을 들이 내리 숨 쉬고 있는 너럭바위 아래 산세만을 움직임 없이 굽어보십니다.

처사님의 아침 공양도 금빛 여명 속에서 승화했습니다.

"망댕이 가마 속이 한참 익어 갈 무렵, 도수리구멍으로 익어 가는 달항아리를 보고 있노라면, 석가가 설하신, 또 하나의 더불어 인연법과 연기법이 그곳에서도 이루어지고 있는 것을 볼 수 있습니다.
밀가루보다도 고운 백토들이, 더불어 인연과 연기법을 이루기 위해서, 주저 없이 자신의 정체성을 훼손하면서까지, 내놓고, 기꺼이 받아들이며 달항아리라는 더불어 인연 덩어리를 이루는 것을 볼 수 있습니다.
불 혼을 받아들이기 위해 온몸의 땀구멍들을 활짝 열고 숨 쉬는 모습도 볼 수 있습니다.
바로, 깨달음입니다.
붓다다 말다….

탁발(托鉢) 없이 재가(在家) 수행하여야 합니다.
기복예불(祈福禮佛) 역시, 스님 주관하지 말아야 합니다.
백팔번뇌의 뇌성 폭우와 거센 폭풍이 일고 있는 사바세계 속에 살고 있는 중생과 더불어 생활하며, 이타행을 위해 그대가 수행할 수 있는 것을 마음 다하여 감사하여야 합니다.

또, 대접 속의 폭풍(暴風)도 폭풍인 듯 맞으며 수행하는 것을 방편(方便)으로도 생각지 말아야 합니다.
법문을 배우고 있는 학생(僧)이라 하여, 중생보다 나을 것이 한 치도 없는 것.
삼보(三寶)에 어찌어찌 흘려진, 뉘 같은 존재가 승(僧)입니다."

처사님은 말하는 동안, 스님이 우려낸 차(茶)를 석 잔이나 비우셨습니다.
행장(行裝)이랄 것도 없는, 작은 봇짐 같은 등짐을 챙기시는 처사님의 손
길에 스님이 화들짝 놀라시며 말리고 나섰습니다.

그러고 보니, 처사님을 만나신 이후로 스님의 목소리를 한 번도 귀에 담
아 보지 못했습니다.

처사님은 말없이, 스님에게 잡힌 손을 온화한 미소로 빼내었습니다.

스님은 극구(極口) 손사래로, 처사님은 가지 말고 거기 계시라 표현하고
는 암자로 가다 말고 되돌아 와, 나를 처사님 앞에 끌어다 놓고 팔을 벌려
막아서게 했습니다.

그래도 미덥지 않은 듯 뒤 보며 암자로 들어가, 지게문을 활짝 열어 놓고
수시로 밖을 내다보았습니다.

눈치로 보아, 스님은 행장을 꾸리고 있었습니다. 당신이 직접 만드신 주
먹밥도 챙겨 들었습니다.

처사님이 하시던 만행(萬行) 길을, 앞서기 바라는 모습을 스님이 보였습
니다.

"스님, 따르지 마세요.

제 몫을 다한 저 나비나 꿀벌, 혹은 저 개미처럼 어느 가랑잎 속이나 바위
밑, 또는 물 위를 떠내려가는 저 나뭇잎들처럼 또 다른 붓다의 인연을 이
루렵니다.

이렇듯, 이승의 끝자락에서 붓다 님들을 뵙고, 깨달음과 참 나를 나누는
인연을 이루어, 제가 백팔번뇌의 하나를 지웠습니다."

김승섭 장편소설 소꿉각시

처사님이 우리에게 합장의 예를 하고 말을 이었습니다.

"스님.
붓다(佛陀)는 스님들과 제 안에서만 존재합니다.
우리 밖에서는 붓다(佛陀)가 존재하지 않습니다.

나무묘법연화경(南無妙法蓮華經). 나무묘법연화경. 나무묘법연화경.

허니….
붓다를 친견(親見)할 수 있는 인연의 옷을 입은 금생(今生)의 인연이 어
찌 기쁘지 않겠습니까."

처사님이, 스님과 저의 손을 뜨겁게 잡아 주시고 걸음을 놓았습니다.

"불심(佛心)은 이타심(利他心)이요 행치 않는 이타심은 불심이 아닌 것을"

솔숲으로 들어가시며, 가락을 넣은 마지막 음성이었습니다.
처사님의 모습이 솔숲에 묻혀 보이지 않고서야, 스님이 서둘러 제 손을
잠시 잡고, 그동안 애써 주어 고맙다는 눈길을 잠시 주시고는 곧 떠났습
니다.

나는 스님의 모습이 솔숲에 묻혀 보이지 않고서야 제정신이 돌아와, 생각
했습니다.

머리통이 쿵 뚫려, 텅 비어 있는 석상으로 서 있는 나를⋯.』

홍 단의 저고리 고름을 여며 주고, 안아서 주방 식탁 의자에 앉혔다.
그녀는 거울 속의 제 모습이 무척 맘에 들었던지, 흡족한 미소를 쉬지 않
고 온 얼굴에 부드럽게 띄워 냈다.
나는 아이의 뱃속을 따뜻하고 든든하게 하고자 전복죽을 호호 불어, 많이
먹기 싫다는 아이를 달래 가며 떠먹였다.
그래봐야 맘 아프게, 한 공기를 못 먹였다.

홍 단은 집안 모든 것을 가슴속에 담아두려는 듯 찬찬히 둘러보았다. 창
밖의 서귀포 앞바다 정경도 그랬다.
집을 나가기 전에는 침실과 욕실이며, 화장실까지 화인(火印)의 눈을.

염병할 놈!!! 맞아 죽기보다 싫은 그 짓을 왜, 왜, 왜?!
그림자 인형극 인형처럼 아이를 업고, 시키는 대로 집안을 왜 돌았니?

오늘 그녀의 몸은 아이의 말처럼 백조의 깃털같이 가벼웠다.
동백나무숲에 들어서서 동백꽃 하트를 발견한 아이가 한사코 내려 달라
고 해 산책길 위에 내렸다.
잠시도 서 있을 힘이 없는 그녀가 내 손을 잡고 하트에 다가서다가 바로,
동백꽃이 흐드러지게 피고 진 길 위에 두 무릎을 꿇고 앉았다.

"이녁. 바닥이 차다. 안기자. 웅?"

아이가 동백꽃 하트를 손바닥으로 어루만지며 오열하기 시작했다. 그것은 내 가슴속에서도 동시에 일어나고 있었다.

"내 사랑. 내 사랑. 내 사랑."

하늘은 마치 오늘을 위해 준비한 것처럼 더없이 따뜻하고 좋았다.
여느 날 같았으면 여러 번 쉬었어야 할 산방굴사 오르는 계단을 한 번도 쉬지 않고 올랐다.
굴사(窟寺) 앞에서 아이의 떼씀을 이기지 못하고 늘, 서서 기도하던 차가운 돌바닥에 가져온 방석을 놓고 아이를 내려놓았다.
그녀의 기도가 여느 날처럼 오래가지 않았다.
용머리 해안으로 돌려놓은 긴 의자에 아이를 편하게 앉혔다.

짙 노란 유채꽃이 흐드러져 일렁이며 산방산을 돛배처럼 바다로 흘러가게 하고 있었다.

"여보. 나, 아름다운 유채꽃 바다에 멀미 나."

그녀가 내 어깨 품에 안겨 얼굴을 가슴에 묻었다.
우린, 산방산 돛배를 타고 일렁이는 유채꽃을 보았다.
단은, 수갑처럼 내 손을 꼭 잡고 오랫동안 멀미를 했다.

난, 아이가 부탁한 대로 기타를 가지고 알몸으로 침대에 걸터앉았다.

알몸의 단이, 등 뒤에서 힘없이 허리를 감싸 안아 왔다.

오른쪽 볼을 등판에 포개 놓으며 듣고 싶은 곡을 말했다.

"녹턴 2번."

단이, 특히 좋아하는 쇼팽의 「E flat Major」작품이다.

오늘, 지금, 허리를 안은 그녀의 힘에서 유독 가슴이 베어지는 한기가 숭

숭 스며들었다.

알몸 때문만이 아니었다.

방안 가득히 흐르는 기타 선율에서 홍 단의 따뜻한 피가 모두 빠져나가고

있었다.

"나, 꼭. 이녁 찾아간다."

곡이 중반을 넘어선 어느 한순간.

홍 단의 축 처진 몸무게가 나의 두 눈두덩을 거칠게, 천근만근의 무게로

짓누르며 뜨겁고 쓰린 피눈물을 볼 위로 짜내기 시작했다. ❧

🌸 방황

동백나무숲 산책길에서 수세가 유독 빼어나고, 따스한 볕을 하루 내 안고 있어, 아이가 유달리 사랑한 동백나무가 있다.

산책할 때마다 그 그늘에 으레 들어가 앉아 쉬었다.

나무 밑둥치에서 옆으로 한 걸음 떨어진 곳을 두 자 깊이로 구덩이를 팠다.

파 올린 흙 절반을 단이 유골 분과 정성껏 섞어 구덩이 속에 넣었다.

나머지 흙을 그 위에 메우고 그 곁에 앉아서 손바닥으로 다독여 주었다.

봉분 대용으로 밑이 너부데한, 한 아름 남짓 한 화산암을 찾아서 올렸다.

"이녁. 이녁 좋아하던 이 동백과 부디 한 몸이 되시게나. 해마다 자네 맘 닮은 동백꽃 향으로 나를 위로하고 보아도 주시게나.

사철 푸른, 변함없던 그 모습으로도 나와 있어 주시게나.

늘 자네 곁을 지킬 것이니, 그곳에서 지내다, 불현듯이라도 내가 보고 싶 거든 언제라도 꿈자리로 뛰어오게.

이녁. 난 지금, 당장 자네가 보고 싶네그려. 이 노릇을 어찌할까? 이녁을 어찌 기다릴까?

아무 때라도 오시게, 이녁을 더듬고 보아도 괜찮으시겠나? 설마, 잠도 못 자게 더듬는다고 짜증 부리지야 않겠지?

이녁. 자네도 오늘 하루 참 힘들었을 터이니 이제, 좀 쉬시게나.

김승섭 장편소설 소꿉각시

꿈길에서 보세, 내 사랑."

이제 막, 이승의 아름다움들을 하나하나 찾아내 행복해할, 아름다운 나이, 마흔다섯.
저승 주방에 가스 불이라도 켜 놓고 이승에 온 것을 이제야 퍼뜩, 생각해 내기라도 한 듯. 그 먼먼 저승길을 홀, 혼자 떠나 버린 못된 가스나.

사랑을 쏟아야 할 그릇을 잃어버린 나는 삶을 이어 갈 목표물을 상실한 벌처럼 어느 한 곳, 마음을 내려놓지 못했다.
속이 들여다보이는 건전지처럼 손만 뻗으면 바로, 손가락 끝이 닿을 것 같은 바닥을 바라보고 있는 심정이었다.
제 건전지 속을 들여다보지 못하는 벌처럼 고개를 돌리고, 무심해 보이려고 애를 쓰지만, 맘 같지 않았다.
굳이, 충전하고픈 기력으로 몸을 일으키고 싶지도 않았다.
충전이 불가능한 벌처럼, 그저 이렇게 그대로, 눈을 치뜨고 뒹굴뒹굴 다 소진되기를 기다리고 싶었다.

나의 하루는 그저 무기력, 늘보처럼 무기력해 보이는 움직임 그 자체였다.
끼니 챙기기는 아예 생각을 못 했다. 정리 정돈이란 단어도 아예 존재하지 않았다.
허니, 몸을 씻는 일이 대수겠는가.

"나쁜 가시나. 나쁜 가시나. 나~쁜 가시나."

때 없이, 입술을 들썩일 때마다 스멀거리며 올라와 콧속을 괴롭히는 악취마저 무엇인지를 몰랐다.

손가락 하나 까딱이는 일마저 의미를 상실했다.

방문 틀에 붙은 전등 스위치를 눌러 본 지가 언제인지 기억이 떠오르지 않는다.

단이를 동백나무 곁에 두고 집안에 들어온 이후, 출입문 손잡이를 잡아 본 일마저 기억에 없다.

그 꼬락서니가 눈물 나게 딱해 보였든지, 그녀가 초저녁 꿈길에 찰나같이 모습을 보였다.

머리맡에 앉은 아이는 곧 쏟아 놓을 것 같은, 그렁그렁한 눈으로 말없이 내려다만 보았다.

"나쁜 가시나. 계 서, 뭔 일이 그리 바빠 이제야 왔~어?"

홍 단의 모습을 찰나에 본 것만으로도 내 건전지는 어느새 가득 충전된 것을 몸이 느끼고 있었다.

"이녁. 눈물 나게 보고 싶었다니? 잠시, 당신이 좋아한 것들 둘러보고 있으시게나. 곧 몸단장하고 감세."

도대체, 며칠을 굶은 것인지 몸이 말을 듣지 않았다.

두 입술이 서로를 날카롭게 찔러 댔다.

내 몸의 모든 세포가 무의식적으로라도 단이 곁으로 치닫고 있었기라도 한 것인지, 자해하고 있었던 게다.

그래도 기어갈 여력이 남아, 개수대 수납문을 열고 라면 봉지를 뜯어 생것을 으적으적 씹어 먹었다.

이마에서 서늘한 진땀이 흘렀다.

몸 안의 수분마저 다 소진되었는지 목이, 곧 죽을 것처럼 칵칵 막히고 쓰려 라면이 넘어가지를 않았다.

식탁 의자를 끌어 잡고 죽을힘을 다해 걸터앉아선 언제 것인지도 모를 물을 벌컥벌컥 먹을 수 있었다.

그저 관념적으로만 알고 있던 '죽을힘을 다해' 말의 의미를 서너 사발의 식은땀과 기운을 흘리고 나서야 어렴풋이 알아 왔다.

욕실 거울 속에서 이즘 본 일이 없는, 초췌하기 그지없고, 말라서 비틀어진 양파 껍질 같은 늙은이의 퀭한 두 눈이 무엇에 화들짝 놀란 꼴로 서 있었다.

"저 꼴을 아이가, 머리맡에 앉아 보고 있었던 게야? 그 어린 것이 얼마나 놀랐을까…."

몸에 찌든 노인 내를 욕조에 들어앉아 한참을 울려, 오이 비누로 씻고 머리를 감아 내었다.

면도도 말끔히 했다.

욕실과 변기도 닦았다.

집안에 흩어진 것들을 정돈하며 청소를 하는 김에, 오래된 잔반들로 어지러운 냉장고도 치웠다.

뜨거운 국물을 만들어 빈속을 달래고 나니, 메마른 논바닥에 물이 들듯 그제야 사지에 기운이 들었다.

머리빗질은 늘 그녀가 해 주었듯, 단정히 하고 내복을 갈아입은 뒤, 보기 좋아했던 잠옷을 찾아 입고 누우니, 밤 열한 시가 넘었다.

단이를 만나 입맞춤 받을 모든 준비를 끝냈다.

참으로 오랜만에, 깊고 깊은 숙면(熟眠)을 했다.

반달처럼 꺾이는 동백나무숲 산책길 어름에서 아이가 다가가는 나를 지켜보고 서 있었다.

크게 손을 휘둘러 답하였다.

"이 사람아. 안녕하신가?!"

동백꽃은 그새 모두 떨어져 산책길을 잔뜩 끌어안고서 꺼이꺼이 스러지고 있었다.

동백꽃으로 만들어진 하트를 어루만지며 울던 홍 단이 보였다.

"자네가 무척 서운했겠네. 그리 좋아하던 꽃이었는데. 서운해 말아, 곧 또 봄이 올 것인데."

아이의 몸에 손을 뻗어 그 싸한 기운이 전해 오기 무섭게 대구 눈물부터 죽~ 흐르고 말았다.

"안녕하셨는가? 자네 앞에서 주책머리 없이, 왜 이러나.

얼마 전, 꿈결인 듯 봄비 내리는 소리를 들었는데. 그 사이, 수관(水管)을 타고 일어는 나셨는가?

딱, 이승 떠나던 자네 체온이 느껴지는군.

꿈길에 보러 와 주어서 고맙네. 그렇지 않아도 이녁이 무척 보고 싶었었던 참이었어.

이녁이 저승으로 되돌아가던 모습 참, 아. 자네도 보았는가? 전날 자네 언니가 왔어.

자네가 꿈길에 찾아와 소리 없이 웃기만 해, 그 길로 홀로 비행기를 탔었다네.

이녁 떠난 뒷자리를 정리하셨네.

자네 되돌려 보내는 것이 서운해서 얼마나 우셨는지 아는가?

처형이 자네가 부탁한 일이라며 누런 서류 봉투 하나를 내게 주고 가더군. 이 사람아.

난, 자네 속을 모르겠어. 참 모르겠어.

어째, 그런 일까지 하셨는가?"

홍 단의 몸에 기대어 앉았다.

"자네에게 이렇게 등을 기대고 앉아 있으니 참 편하고 좋네.

봉투 안엔 내 집 등기 권리증과 집사람이 월세를 넣은 통장, 비번, 체크카드가 같이 들었더군.

자네 언니가 그 사연을 들려주는데, 마치 내가 자네 등짝에 빨대를 박고 있었던 것 같아 내내 두 귓불이 어찌나 화끈거렸는지 아시겠는가?"

서귀포에 둥지를 틀고 좀 있어서였다.
서귀포시 문인 모임에서 지나치게 과음을 한 내가 집에 어찌어찌 와서는
아이 품에 안기어 소리 내어 펑펑 울었단다.
집사람 편하게, 채무 관계를 정리 못 하고 온 것을 몹시 아파했다는 것이다.
최면에 걸린 사람처럼, 단이의 질문에 그렇게 또박또박 미주알고주알 잘
대답하고 말하더란다.
내겐 전혀, 기억에 없는 일들이다.
단이는 언니를 대리자로 내세워 채무 관계를 정리할 수 있도록 부동산에 나
와 있던 집을 사서는 집사람에게 그대로 저렴한 월세로 거주하게 하였다.
집사람의 매도 조건이기도 했었다.
기억 상실로 행불된, 나의 귀가를 염두에 둔 것일 것인데, 홍 단은 내게
전혀 내색하지 않았었다.

"홍 단아. 내 얼굴 어때? 아직 물이 덜 올랐지? 보기 흉해? 그지? 며칠만
좀 더 기다려 봐. 이녁이 좋아하던 얼굴이 곧 될 거야."

나는 두 손을 쫙 펴 조심스럽게, 마사지하듯 얼굴을 문질렀다.
햇살이 많이 퍼지고 따스해졌다.

"아~ 햇살 참 좋다. 이녁이 무척 좋아하던 햇살이지? 응? 맞아.
서귀포시 시내를 데이트하다 악기점에 들어갔던 일, 이녁 생각 나남?"

아이가 내 팔을 잡아끌며 음악과 아무 상관 없는 사람들이 무슨 창피를 보려고 하냐며 말렸었다.

부를 줄 아는 노래가 하나도 없어, 노래방을 가 본 일이 없었으니, 무리한 걱정이 아니다.

내가 지금 당신한테 꼭 바치고 싶은 곡이 있다는 귀엣말에, 반신반의 의아해하며 등 떠밀려 들어갔던 홍 단이다.

수제 클래식 통기타 여럿 중에서도 통 울림이 특히 좋은, 사운드 홀이 있는 전판을 스프러스 원목으로, 측면과 후면은 로즈우드 원목으로 만들어져 중후한 저음과 밝고 아름답고 강하면서도 시원한 중고음을 울려 주는, 헤드는 요란하게 커트하고 파마한 것 같은 것이 아닌, 아이처럼 뒷머리에 단아하게, 꽁지머리한 것 같은 것으로 구매했었다.

거침없이 조율하는 내 모습에 다소 놀라는 아이가 참 보기 좋았다.

내가 단이 앞에서 클래식 기타를 연주해 보일 기회는 없었으나, 경력 사십오 년의 프로 같은 아마추어였다.

아이는 대여섯 걸음 떨어진 피아노 의자에 앉았다.

나는, 프란시스코 타레가 작품인 「알함브라 궁전의 추억」, 기타 연주를 마치고서야 단의 얼굴에서 흐르는 눈물을 보았다.

"자기야. 우리 이 기타, 이름 붙여 주자. 응? 홍 단이 어때? 좋지? 좋지? 지금부터 홍 단이다? 응? 응?"

어느 날, 아이가 자다 말고 벌떡 일어나서 말했었다.

단은 끄덕이는 내 얼굴을 보고서야 안심 반, 만족 반인 미소를 가득 올렸었다.

아이의 속내가 손바닥처럼 보이는 미소였다.

"애. 네 이름 너무 예쁘다 애. 홍 단아. 사랑해~"

아이가 침상 곁에 세워진 기타를 소중하게 품에 안았다.

그것은, 암묵적으로 기타 연주를 채근하는 응석이었다.

늘, 알몸으로 침상에 걸터앉아 연주하는 것을 좋아했다.

홍 단도, 내 등짝을 알몸으로 안고서 연주 듣는 것을 그렇게 좋아했다.

"이녘의 그 행복해하는 눈물, 또 보고 싶다."

기타를 구매한 그날부터 자장가 대신 클래식 소품 한 곡을 꼭 듣고 잠드는 버릇이 생겼다. 오수가 그랬듯.

그중에서도 쇼팽의 「녹턴 2번 E장조」 또, 베토벤의 「로망스 F장조」, 「슈베르트의 어린이 정경」 중 「트로이메라이」, 「알함브라궁전의 추억」을 특히 좋아해 많이 연주했었다.

아… 지금도, 눈 감으면 보인다.

침대에 비스듬히 누워 행복해하던 홍 단의 아름다운 모습. ✿

✿ 산방산의 회상

가을로 접어든 산방산 앞 해안이 서늘하게 일어서고 있었다.

관광객이 썰물처럼 빠져나간 산방굴사 안에서 냉기가 밀려 나왔다.

아이가 크게 팔을 휘둘러 예를 올리던 곳에 서서 아이의 극락왕생을 위해 백팔 염주를 세며 간절히 삼천 배(拜)의 예를 올렸다.

마지막 절을 올리고서는 돌바닥에 눌린 무릎이 시큰거려 일어서지를 못하고 주저앉았다.

머릿속부터 솟은 뜨거운 땀이 눈과 입안도 모자라 목줄을 타고 가슴을 적시었다.

사방으로 어둠이 내려앉으며 밤하늘의 찬란한 별들을 차례로 들이고 있었다.

먼바다, 어선들의 집어등이 산방산 토방에 밝혀진 호롱불 같았다.

무릎으로 기어가 약수가 되어 고인 산방덕의 눈물 두 바가지로 목을 적셨다.

홍 단이 늘 앉았던 긴 의자에 겹게 올라앉았다.

바다에서 밀려온 바람이 차가운 손을 가슴과 등줄기에 불쑥 들이밀었다.

"이녁을 위한 기타 소나타 곡을 작곡했네.

머리가 아둔해 좀 오래 걸렸어.

자네에게 무슨 할 말이 그렇게 많았던지 4악장이나 되더군.
지루해도 들어 주시게나. 제목이 좀 길어.

「별은 반딧불이 되어 나~븐 나~븐 내리고」"

아이가 자신을 생각하듯, 늘 보듬어 주기를 원하며 제 이름을 넘겨준 기타, 홍 단일 가슴에 안았다.
나와 아이가 서로를 배려하고 간절히 원하였던 사랑의 대화는 사운드 홀이 되어 준 산방굴사에서 해안 쪽으로 잔잔한 파도가 되어 밀려갔다.

사방(四方), 용(龍)의 입에서 아이를 마중 나오는 불길이 다투며 거세게 뿜어져 나왔다.
뜨거운 불길 너울들이 홍 단을 틈 없이 감싸고 몸부림치며 서로들 먼저 맞이하겠다고 손을 내밀었다.
단이가 타고 간 가마를 호랑이 발톱으로 찢어 댔다.
저승은 알몸으로 와야 한다며 아이의 수의를 다투어 벗기었다.

홍 단이 내게 잊은 말이라도 있는지 벌떡 일어나 앉아 도수리구멍으로 들여다보고 있는 나를 정면으로 바라다보았다.

『사랑아
활~
활~

타고 있어

활~ 활

이승의 인연이 된 모든 것들이

소각로 불길 너울에 태워지는

쓰레기처럼

활~ 활~ 타고 있어

활 활

하나

하나

활~ 활 타

몸을 떠나고 있어

사랑아

그것이

기절하도록 뜨겁다거나

서운하기는커녕

어쩐 일인지

시원하기만 해

그렇게 시원할 수 없어

이승에 올 땐

봄나들이 나서는

아이처럼

머루알 같은

눈알 하나로

이승의 눈밭에 뛰어내려

강아지처럼 뛰었지

어느 날

목줄 물린 사슴의 눈 속에서 보았어

굶주린 눈으로

누런 이빨을 드러내고

붉은 피를 빨며 으르렁이고 있는

내 모습을

이승의 사악한 모든 것들이

메두사의 혓바닥처럼

날름거리고 있는 것을

사랑아

어째

추한 메두사를 사랑해서

활~ 활

태워야지

날름거렸던 그 혓바닥을

활~ 활

빈손이어야
파란
저 저승길을
훨~ 훨
날아 가지 싶어

사랑아
남을 폄하여 지칭하였던 손가락이
풀처럼 제일 먼저 타데
달면 삼키고 쓰면 뱉던 혓바닥도 그랬어
명줄이 빠져나간 줄도 모르고
덧없는 것들을
잔뜩 끌어 움켜쥐고 있던 손도 그랬다니

사랑아
참
쉽게도 타데
활~ 활
잘도 타데
활 활
활 활 탈수록
몸이 시원스럽게 가벼워지는 것을

활~ 활

태워야지

아무 미련 없이

활~ 활~

사랑아

소각로 문이 닫히고

시뻘건 불길들이

빗장 뜯긴 투우같이 달려들 들었다니

뱀의 혓바닥처럼

불길이 감쌌을 때

무서웠어

벌떡 일어나

웅크리고 앉아

그 시뻘건 불길이

영혼을

머루알같이 정제시키는

빗물이었음을 알았다

쇠를 벌겋게 녹이는 불길이 아니라

영혼을 가두고 있는

가시덤불을 태우고

머루알에 더덕더덕 둘러붙은 때를 태워

옥수에 씻은 듯

영혼을
정제시켜 주는
소낙비였어

사랑아
욕심으로
음해하는 일에만 열중해 있던
머리통이
활~ 활
달려드는 불길 너울에
날벼락 맞은 듯
통쾌하게 터져나던
쾌감을
그 쾌감을
알라나?

사랑아
달콤한 소리만을
가려서 듣던 귀
꽃향기듯
썩은 돈과 감투 냄새를 잘도 찾아내던
코
칼처럼 휘두르던

세 치 혓바닥도

쉽게

그렇게 쉽게 잘도 타던 것을

활~ 활

타던 것을

사랑아

활~ 활

태우겠다니

미련 없이 모두 태우겠어

사랑아

어둡고 낮은 곳을

외면하고

허공의 무지개만을 쫓던

눈알은

비눗방울처럼 터져 흔적도 없고

정작

한 번도 넓어 보지 못한 가슴

따뜻해 보지 못한 가슴은

들풀처럼

활~ 활 타

연기로 흩어지고

목줄이

터지게 빨아 채우던

배때기는

활~ 활

들뛰는 불길 속에

풍선처럼 부풀어

속절없이 터지던 것을

사랑아

활~ 활 태우고 있어

활~ 활

사랑아

보이기도 민망한

이승의 헛된 욕심들이

활~ 활

연기되어 허공에 흩어지고

한 줌 재 되어

진토(塵土)인 것을

사랑아

이제

모두 벗어

시원스럽게 활~ 활 태우고

또 태우고

활~ 활

태우고

바람으로 돌아가려오

활~ 활

흙으로 돌아가려오

활~ 활

구름으로 돌아가려오

활~ 활

활~

활~』

홍 단은, 나를 사랑스럽게 바라보며 그렇게 말했다. ✿

✿ 땅거미는 기어들고

가을 끝이 저만치 보이기 시작했다.

이즘, 내 가슴속은 칩거 아닌 칩거를 하고 있다.

땅거미가 기어드는 어느 외돌개 올레 밭담 길을 들어서다 우연히 본 누렁개의 모습에서, 까마득히 잊고 있었던, 버리고 온 아내의 모습이 뜬금없이 생각났다.

마치 바람결에 날아든 민들레 홀씨처럼 자리를 잡았다.

온통 단이로 가득한 가슴에 떨어진 씨앗이, 시나브로 커지고 있었다.

물질하고 돌아오는 노파를 마을 밖까지 마중 나온 멍멍이가 곧 떨어뜨릴 듯 꼬리를 치며 맴돌다가는 그예, 그 앞길에 배를 뒤집고 누워 사지를 정신없이 버둥대었다.

그 모습이 어찌, 때맞추어 끼니를 챙겨 주는 주인이란 인지(認知) 때문만이겠는가.

가족이라는 끈끈함이 있어 가능한 일이 아니었겠는가?.

말 못 하는 짐승도 네다섯 시간의 텅 빈 둥지를 혼자 지키며 이제나저제나 주인을, 좀 더 빨리 보고 싶은 마음이 앞서 마을 밖까지 나왔을 것을.

그 누렁이 모습에서, 사슴처럼 목을 길게 빼고 문밖 발걸음 소리조차 매번 확인하고 있을 아내의 모습이 박살 난 사금파리처럼 가슴을 파고들었다.

염치도 없이, 주책없는 이 눈물을 머금고 어느 사이 민들레 홀씨처럼, 그것은 뿌리를 깊이 내렸다.

뿌리 끝이 따끔거리며 가슴 복판으로 조금씩, 더 조금씩 내려올 때마다 비행기 탈 요량으로 꾸렸다가 던져 놓은 가방이 아직도 방 안 구석에 풀리지 못하고 웅크리고 있다.

아내의 그 순수하고 맑은, 샘물 같은 마음을 우롱하듯이

'여보. 나 방금 기억이 돌아왔다.'

어찌, 대문을 들어설 수 있겠는가?.

그건, 인간의 얼굴이 가질 수 있는 최소한의 부끄러움과 죄스러움도 없는 뻔뻔함이다.

아내에겐 천년 같았을 삼 년여를, 오직 단이 하나로 가득해서, 그 죄스러운 생각조차 못 하고 살아온 얼굴이었었다.

그 죄스러움이 낯도 두껍게 실개천으로 트이더니 곧 하천이 되고 강물 되어 백여 일을 흘러, 흘러들더니, 이제 만수위가 된 저수지로 변해 있었다.

삼 미터짜리 현수막을 만들었다.

[나를 찾아 주세요. 010-0000-1004]

성산 일출봉 광장 초입, 인도 귀퉁이다.

두 가로수 사이에 두 줄의 문구만 넣은 현수막을 걸어 놓고 그 아래에 쭈그리고 앉아서 일주일을 보냈다.

수일 동안 어수선한 모 방송사의 예능 프로그램 녹화 탓에 도통 내게 관심을 보이는 이가 없었다.

내가 안사람을 만난 것은 거웃이 제법 무성해진 때였다.
막, 육군 전투병으로 십 개월 남짓한 군 복무로 의가사 제대한 직후였다.
군 복무 면제 대상임에도 문학에 심취한 가슴은 그 세계가 궁금했다.
아버님이 6.25 동란 중 전사하시고 독자인 보훈 대상자여서, 이제라도 의가사 제대도 가능한 일이었다.

김장철에 논산으로 입소한 탓에 사계절을 맛깔나게 맛보았다.
한겨울 전방 사단에 배치되며 시작한 복무 기간을 참으로 아름답게 보내었다.

소대별로 부대 앞 개울에서 내복을 세탁하였는데, 얼음장을 돌로 깨어 구멍을 내고 내복을 집어넣어 개울물에 담갔다.
꺼내어 넓적한 돌 위에 올려놓으면 바로 쩍 달라붙어 세탁이고 뭐고 할 일이 도통 없었다.
그렇게 옷 틈에서 바글대는 이를 얼려 죽이는 일이 빨래였다.
또, 중대 병기계 일을 맡은 관계로 허구한 날, 일이 없어도 서류 가방을 둘러메고 사단을 들락거렸다.

귀대 길에는 눈이 허벅지까지 쌓인, 햇살 좋은 들에 자궁같이 아늑하게 눈을 파고 누워서 부식 보급 차를 기다리는 동안 달콤한 오수도 즐겼다.

봄은 또 어떤가.

진지 보수작업차, 팔부 능선에 오르면 잉크병을 엎지른 듯 굽이굽이 한탄 강 물이, 비단 자락 활 펼쳐 놓은 듯 파릇한 평야를 뱀처럼 흐르고 있었다. 곳곳 서 있는 나무들은 움이 돋아 햇살을 품는 대로 숨을 쉬며 부풀었다 내려앉길 반복했다.

뙤약볕 한여름은 또 어떤가.

도로 보수작업차 나선 차림이, 흰 박스 팬티만을 걸치고 삽질하다 길가 뽕나무에 달라붙어 오디로 입안과 혓바닥도 모자라 허벅지에 물들이고 는 좁은 개울, 얼음 같은 물에 몸을 눕혔다.

궂은 비, 밤 경계 근무는 또 어떤가.

우의로 온몸을 감싸고 방어해 보지만 각다귀 떼 공습을 막아 낼 재간이 없다.

달맞이꽃 흐드러진 야간 행군은 또 어떤가.

앞서 걷던 전우가 깜박 졸음에 후 둘러 길가 나무라도 건드릴 때면, 헬 수 없는 반딧불이 우~ 우우 별 밭으로 날아올랐다 몽롱하게 나~븐 나~븐 내려앉았다.

논산으로의 입대를 위해 집에서 시월에 걸어 나왔다.

도대체, 십 개월의 복무 기간 동안 모친에게 어떤 일들이 있었을까.

내가 걸어 나온 그 집이 어머니와 함께 없어졌다.

갑작스러운 노숙 생활이 삼 일이나 됐을까, 남산 공원의 등받이 없는 한 의자에 앉아 아침 햇살로 몸을 덥히고 있었다.

노숙인으로 보이는 중년 여인이 거침없이 곁에 와 앉아 말했다.

"십 원 주면 한 번 줄게. 응?"

순간, 홍두깨로 뒤통수를 호되게 얻어맞은 듯 여인이 시야에서 안갯속처럼 사라져 갔다.

나는 그 길로 서울역 앞 지하철 역사 공사 현장에서 잡일을 시작했다.

지글지글 끓는 콜타르를 루핑에 도포하여 방수 공사를 하는 업체로부터 지하에 가설된 창고에서 침식을 제공받으며 일을 하였다.

정신이 수습되어 갈 때쯤, 보증금 없는 월세방을 능곡에 얻어 지상으로 나왔다.

다소 모은 돈으로 버티며 출가할 산사를 생각하고 있던 늦여름, 안사람을 능곡에서 운명처럼 만났다.

아내는, 나와 한집에 월세를 얻어 살고 있던, 친구의 언니를 방문했었다.

전날 나는, 그 언니로부터 여동생이 올 것을 들어서 알고 있었다.

그 언니의 생각 속에는 동생을 내게 소개하고 싶은 뜻이 확연하였다.

활짝 열린 지게문 문지방에 무릎을 접어 허벅지를 걸치고서 참외를 깎고 앉아 있던 아내의 옆모습.

대번에 온 가슴을 사로잡히고 말았다.

참외 한쪽을 얻어먹은 나의 산책 제의에 선뜻 따라나선 아내와 벼 이삭

피는 논둑을 별다른 말도 없이 걸었다.

나는 갑작스럽게 걸음을 멈추고, 등 뒤에 서 있던 아내의 얼굴을 두 손으로 대뜸 끌어다 입을 맞추었다.

워낙 전광석화 같은 나의 행동이어서 아내는 아무 대응도 못 하였다.

내게 그날 그 일은, 출가를 포기한 자기 합리화의 주문을 정당화하고 있었다.

"그래, 찻잔 속 같은 산사의 깨우침보다는 그녀와 같이 숨을 쉬는 이곳, 백팔번뇌의 설킴으로 가득한 사바세계의 깨우침이 더 큰 것이야."

그날 이후 경의선 열차 안에서 나를 피하는 아내와의 숨바꼭질이 시작되었다.

힘들게 따라붙어 받아 낸 약속 날, 명동성당 마리아상 앞에서 아내를 기다렸다.

마리아 앞에서 아내에 대한 나의 사랑을 공증하고 싶은, 터질 듯 가득한 설렘으로 말이다.

아내는 내 양손에, 사서 들고 있던 콘 아이스크림이 다 녹아 손을 홍건히 적시도록 오지 않았다.

그랬다, 나의 일방적인 짝사랑 모습이었다.

어찌어찌 수소문하여 능곡역 근처 단칸방에서 부모와 오빠, 두 남동생과 함께 살고 있는 아내의 집을 찾았다.

깔고 덮고 있었던 싶은 요와 이불이 급하게 발끝에 밀려, 옷가지들이 험하게 걸려 있던 바람벽에 뭉켜 있었다.

천정에서 백열등 하나가 방금 켜진 듯 달랑거렸다.

삶이 노곤한 표정과 눈들이 둘러앉아 나를 뜯어보았다.

나는 무모하게도 다짜고짜로 말하였다.

"아버님. 어머님. 영희 씨를 사랑합니다. 제게 따님을 맡겨 주십시오."

보기에도, 입성과 몰골이 피차일반 같은, 그들보다도 딱 이, 눈곱만치도 나을 것 같지 않은 내가, 얼마나 어처구니없어 보였을까?.

아무리, 똥구멍이 찢어지게 가난한 삶이라 한들 당신들에겐 그래도 금지옥엽, 호호 귀한 딸이고 누이인 것을 어찌, 허허벌판에 내놓고 싶겠는가.

돌아온 답은 얼음장보다도 차디찬, 일언지하 한 치의 생각도 필요 없는 거절이었다.

눈이 허옇게 깔린 논바닥 위를 서럽게 엉엉 울며 휘청거리고 있는 내 머리 위에선 곧 떨어질 듯한 얼음 달이 쫓아 오고 있었다.

노동판에서 여러 달 잡일을 하며 속세의 마음이, 햇살 속의 안개로 변하고, 출가할 산사를 정하고 주변을 정리하던 어느 날. 아내가 친구와 같이 꿈결처럼 눈앞에 나타났다.

안집 툇마루에 앉아 친구와 술을 마시던 아내는 만취가 되었다.

그날 밤, 아내와의 초야를 말리는 사람은 아무도 없었다.

안사람의 의도에 들러리 선 친구와 그 언니, 모두의 속이 보여, 싸하게 스며 왔다.

그로부터 여러 날 후 안사람은 빨래판 한 개와 부삽, 빗자루 하나를 들고 창문 하나 없는 나의 월세방으로 스스로 보쌈 되어 왔다.

이렇게 우리는 달콤 쌉싸름한 데이트다운 데이트 한 번 못해 보고, 단 세 번을 만나 보고는 무모하기 짝이 없는 살림살이라는, 신혼살림을 시작하였다.
물론, 날을 잡아 구청 민원창구 앞에 나란히 서서 혼인 신고서에 서명했다.
그때, 그렇게 자기 합리화의 주문을 정당화하며 출가를 접고 사바세계 속, 백팔번뇌의 드센 파랑 속으로, 기꺼이 행복한 마음으로 휩쓸려 들어갔다.

이승에서의 나는 아내 앞에 용서될 수 없는 죄인이다.
아내의 내세에선 그림자라도 어른거리고 싶지 않은, 생각만 미치어도 눈물이 그렁 오르는 죄스러움이다.

이쁜 아내를 홀려서 아이 둘을 얻어 둥지를 틀었으면, 모진 눈비 바람과 폭풍우를 견뎌 낼, 둥지를 이리저리 손도 보고 아님, 청 벌레를 부리와 날개깃이 닳도록 물어 들여야 했을 것을.
아내에게 모두 밀어 놓고, 고개 돌리고 앉아, 그 잘난 원고지를 메운답시고, 그럴 수 없이 게으른 그 머릿속이, 되지도 않을 생각들로 터지도록 까불대는 인사에게 어찌 정이 새록새록 솟을까.

문지방 너머로 한 발을 내놓고 평생을 살아온 아내에게 정이 가득한 눈빛과 쓰담 없는 탓만 일삼는 철없는 죄인이었다.

허니 어찌, 생각만 미치어도 죄스러운 눈물이 뜨겁게 그렁그렁 솟아오르지 않겠는가.

내일 새벽부터 있을, 십육 년 만의 폭설에 대비하라는 관공서와 언론사의 바튼 목소리에 모두가 긴장하고 움츠러든 탓만도 아니다.

나는 관광객도 일찍 끊어지고 상점들도 하나둘 서둘러 문을 닫고 있는 광장 귀퉁이에서 거둔 현수막에 불을 붙였다.

하늘도, 사람 같지 않고 뻔뻔하다 못해 어처구니없는 철면피 행위에 얼굴을 돌린 것이 분명했다.

아침부터 TV는 제주도 전역에 덮칠 십육 년 만의 대설 주의보로 부산스럽다.

지금, 앉은뱅이책상 맞은편 작은 창 속에서 눈송이가 벚꽃잎 지듯 흩날리고 있다.

짧은 산간 생활 경험으로 미루어 봐도 두 길은 훌쩍 넘게 쌓일 눈이다.

작은 내 오두막집이 절해(絶海)의 고도(孤島)가 될 것이 분명했다.

참으로 글쓰기 좋은 기회다.

나는 홍 단의 바람대로 글을 쓰기로 했다.

사 년 전, 절필(絶筆)한 필기구를 찾아 책상 위에 올려놓았다.

필기구 뒤, 창문 사이에는 도자기 항아리 하나를 놓았다.

홍 단의 유골 분 한 줌이, 고운 한지에 곱게 싸여 담긴 유골 함이다.

후 일, 내 유골 분과 섞일 아이의 유골 분이었다.

여기저기 서리서리 예순아홉 해 쌓인 삶을 가감(加減) 없이 풀, 소꿉 각시
와의 약속이다.

나는 헐은 널빤지 서너 장을 성기게 조합한 임시, 좌식 책상 앞에 앉았다.

사 년을 한 번도 열어 보지 않은 한글 워드 아이콘을 노트북에서 클릭했다.

글을 끝내기 전에는, 그 자리에서 누워 자는 일이 있어도 일어서지 않을
작정으로 물병과 전기포트, 라면 뭉치를 책상 아래 준비했다.

창밖의 눈발은 대설의 시작을 알리듯, 밤낮 멈출 줄을 몰랐다.

얼기설기 뒤엉킨 삶의 실타래를 정리하는 동안 눈이 한 발이나 쌓이고 있
었다. ✣

✿ 상봉 길

여고 2학년 예진이 소파에 길게 누워 열 살 터울의 남동생과 채널 다툼을 하며 TV를 보고 깔깔대고 있다.

제주 성산 일출봉 광장에서 벌어지고 있는 예능 프로였다.

예진이 방심한 틈을 타 리모컨을 빼앗은 진수가 재빨리 프로야구 프로그램을 눌렀다.

둘 사이에 리모컨 싸움이 소란스러워지자 안방에서 PC 게임을 하고 있던 아이들 아빠의 위협적인 음성이 들린다.

"진수! 너희들, TV 끈다. 지금은 누나 시간이다. 알았어?"
"네~"

진수가 마지못해 볼멘소리로 답하며 리모컨을 멀찍이 던져 놓는다.

"아빠, 진수가 리모컨 멀리 던졌어요."
"야! 아빠 나간다. 빨리 주워서 누나 줘. 엉!"
"네~"

리모컨을 주워 예진에게 툭 던져 준다.

진수가 TV를 등지고 거실 바닥에 얼굴을 묻고 삐진 듯 웅크리고 눕는다.

예능 프로 채널을 바꾼 예진은 빼꼼히 올려 보고 있는 진수에게 혓바닥을 살짝 내밀어 메롱 한다.

진수가 발을 뻗어 예진의 무릎을 차는 순간.

TV 화면.

[나를 찾아 주세요. 010-0000-1004]

현수막 아래 쭈그리고 앉아 있는 유 의태의 모습이 출연진 뒤를 쫓고 있는 화면을 따라 서서히 흘러가고 있다.

"아빠!!!"

유 의태 모습을 발견한 예진이 마치 혼령이라도 본 듯 놀라, 스프링처럼 소파에서 일어서며 소리쳤다.

"왜!"

안방에서 귀찮은 듯, 발끈한 목소리가 거실로 넘어온다.

"할아버지!!!"

예진이 발을 동동 구르고 울면서 소리쳤다.

유 은집이 안방에서 거실로 뛰쳐나왔을 때, 유 의태 모습은 이미 흘러간 뒤였다.

"어디?!"

은집이 TV 화면을 응시하며 다그치듯 소리쳤다.
예진이 홍분을 누르지 못하고 더듬거리며 두서없이 답했다.

"거기. 거기, 거기 프로라니까!"
"잘못 본 거 아냐?! 할아버지 정말 맞아?!"
"정말야! 할아버지 맞아. 현수막 아래 쭈그리고 앉아 있었어."
"무슨 현수막?!"
"그게, 그게 잠깐. 잠깐만."

예진이 머리통을 두 손으로 감싸 쥐고 혼란스러움을 추스른다.

"그래. 맞아. 나를 찾아 주세요. 나를 찾아 주세요. 나를 찾아 주세요. 맞아. 맞아. 얼른 전화해 봐. 얼른! 방송국! 아빠! 얼른!"

은집이 두 손으로 예진의 두 어깨를 잡고 흔들며 다그쳐 묻는다.

"할아버지가 확실해?!"
"맞다니까. 할아버지가 맞다고. 맞아. 얼른 전화!"

"휴대폰. 휴대폰. 아빠 휴대폰!"

진수가 휴대폰을 찾아다 건넨다.

"너흰, 할아버지가 또 나오나 TV 봐. 얼른! 한눈팔지 말고. 알았어?!"

은집은 다시 보기 시간이 백 년처럼 목이 탔다.
유 은집이 진주에서 가까운 TV 방송국을 찾아 아버지 유 의태를 확인하고 통화를 시도했다.
유 의태의 휴대폰이 눈에 묻힌 Jeep 차 안에서 여리고 공허하게 곧, 끊일 듯, 끊일 듯 안타깝게 울리고 있다.

은집은 방송 PD에게 특종이나 진배없는 저간의 사정을 들려주고 간곡히 협조를 얻어 냈다.

유 은희는 남동생 은집의 홍분한 음성으로 아버지의 소식을 전해 듣는다.
벌벌 떨리는 손으로 방송 다시 보기로, 실종되었던 유 의태를 확인하는 얼굴이 눈물범벅 된다.
두서없이 서둘러 행장을 꾸리는 은희.

은희가 경차의 가속 페달을 정신없이 밟아 중앙 고속도로에 들어섰다.
차내 스피커로 그녀의 남편과 여러 번 통화를 시도한다.

"아버지 계신 곳 알았어."

"엉. 정말? 어떻게? 어디 계시는데?"

흥분한 음성이 정신없이 질문한다.

"제주도."

"어머닌 아서?"

"엄마 모시고 은집이랑 합류해서 방송국 헬리콥터로 가기로 했어. 엄만 아직 모르셔. 애들 부탁해. 가서 전화할 거야."

"직접 운전이 초행길인데, 흥분하지 말고 휴게실에서 쉬어 가며 가. 어머님 놀라 혼절하시지 않게 잘 말씀드리고."

"알았어요. 조심할 테니 걱정하지 마. 애들 부탁해."

말을 끝낸 은희의 두 눈두덩이 무너지며 볼을 타고 눈물이 죽~ 흐른다.

피눈물 같은 음성이 입안에서 메아리처럼 울린다.

"아버지. 아버지. 아버지."

유 의태는 사흘 밤낮을 보내고 눈꺼풀이 말라, 절로 까뒤집어질 때쯤 글을 끝냈다.

창밖은 쌓인 눈 더미에 막혀, 하늘이 막혔다.

어둡고 시프릉한 햇빛이 쌓인 눈 더미를 비집고 내려오느라 애쓴다.

그는 허기를 달래기 위해서 으깨 부순 라면 봉지를 비웠다.

어지러운 방 안을 그대로 두고 작업한 글을 USB와 이동 디스크에 백업하였다.

주방 창고에서 김장용 비닐을 꺼내 두 장을 포개어 하나로 만들었다.
그 안에 신문지로 겹겹 싼 노트북과 USB를 담은 흰 편지 봉투에 A4 용지한 장을 넣었다.
발견한 사람에게 간절히 부탁하는 글을 남겼다.
더하여, 그동안 쓰고 남은 돈을 모두, 습기나 물이 들지 못하게 신문지로둘둘 싸서 넣었다.
고무줄로 입구를 마무리하고도 모자라 다른 김장 비닐봉지 안에 넣고 한번 더 고무줄로 입구를 마무리하고 청테이프로 둘둘 감았다.
이만큼 정성을 들였으면 눈 속에서 여러 날 묻혀 있은 들 노트북이나USB가 읽히지 못하는 불상사는 없을 것이었다.

"엄마. 우선 이것부터 먹어."
"이게 뭔데?"
"몸에 좋은 거래. 어서 쭉 마셔. 마셔."

송 영희, 생각지도 못한 딸과의 뜻밖 상봉으로 반가움에 그저, 마냥 환하다, 은희는 오면서 준비한 액상 우황청심환 뚜껑을 두서없이 따 건넨다.

송 여사가 청심환 병을 받아 마시며 딸의 행동거지에서 평상시답지 않은낯빛과 시선에 눈을 떼지 못하고 있다.

송 여사 가슴속의 알 수 없는 두 방망이질이 희망과 불안감으로 뒤섞여 점차 고조되었다.
송 여사는 유 의태에 관한 막연한 예감으로 숨이 멈추기 직전, 입술이 절로 터져 가늘게 열렸다.

"아~빠?"

송 여사의 물음에 은희가 눈빛으로 답하고는 휴대폰을 꺼내 동영상 하나를 실행한다.

"아빠다! 세상에!! 세상에!!! 아빠 맞아!! 봐! 봐! 네 아빠다! 내가 그랬지? 아빠가 사고로 기억을 잃은 거 맞지?!"

코와 입을 두 손으로 가리고 휴대폰을 들여다보는 송 여사의 두 손 위로 거침없이 눈물이 넘쳐흐른다.
은희의 손에서 동영상이 멈춘 휴대폰을 받아 든 송 여사의 두 손이 놀람으로 벌벌 떨고 있다.

"다시 틀어 봐. 얼른! 어서!"

은희가 동영상을 재생한다.
송 여사가 유 의태 모습이 화면에 보이자 떨리는 손끝으로 화면을 멈춘다.

"나를 찾아 주세요. 나를 찾아 주세요. 나를 찾아 주세요. 나를 찾아 주세요. 나를 찾아 주세요. 이 양반이 얼마나 답답하였을까. 네 아빠가 얼마나 갑갑하였을까?"

송 영희,
피 터지는 절규를 토한다.

"나를 찾아 주세요. 나를 찾아 주세요. 아빠야. 분명 너희 아빠가 맞아. 아빠야. 아빠다. 아빠가 맞아. 맞다. 세상에, 저 얼굴 상한 것 봐. 얼마나 고생했으면, 얼마나 고생했으면. 이 얼굴 상한 것 좀 봐라. 여보. 여보. 여~보. 아빠가 저렇게 애타게 우릴 찾는데 우린 아빨 찾다 말았어. 애구. 애구, 이 무심한 년. 애구. 이 천벌받을 년."

송 여사가 머리를 쥐어박고 꺼이꺼이 울며 말했다.
유 의태 실종 이후 심저(心底)에 서럽게 퇴적(堆積)한 서러움이 끝내 마그마처럼 터지고 있다.

유 의태, 처마 없이 밖으로 열게 되어 있는 주방 문을 안쪽으로 거의 다 뜯어내고, 지붕 높이만큼 쌓인 눈과 마주 섰다.
등 가방에 김장 비닐로 싼 물건들을 넣었다.
가방을 등에 메고 어깨 멜빵이 흘러내리지 않게 가슴 끈 버클을 채웠다.
주방 문을 나서서 열한 시 방향 서른 걸음쯤에 홍 단이, 묻혀 있는 동백나무가 서 있다.

평소, 수세가 좋고 그늘이 넓어 홍 단이 햇살을 피해 들어앉아 이야기 듣고 책 읽기를 좋아했던 동백나무였다.

홍 단에게 방향을 잡은 유 의태는 눈 굴을 파기 시작했다.

지표면 바로 위를 작은 손 삽으로 반 원형의 굴을 파고 다지며 낮은 포복 자세로 조금씩, 조금씩 앞으로 기어서 나아갔다.

무엇보다 눈이 무르지 않고 쌓인 무게로 다짐 되어, 무너질 일이 적고 또 방향을 잃지 않기 위해서였다.

동백나무숲으로 가는 길에 박힌 주먹만큼 한 돌까지, 두 사람은 그 특징을 환히 알고 있었다.

얼마나 나아 왔을까, 얼굴에서 김이 피어올랐다.

온몸이 땀으로 눅눅했다.

잠시 숨길을 고르느라 삽질을 멈추었다.

머리에 쓴 LED등 빛 속에서 붉은 고무가 코팅된 장갑이 김을 피웠다.

홍 단이 두꺼비라고 명명한 돌이 손가락 끝에서 드러났다.

입주 후 내리는 첫 비를 맞으러 후원으로 나서서 걷고 있을 때였다.

홍 단이 화들짝 놀라며 팔짱 낀 유 의태의 팔을 뒤로 채었다.

"두꺼비 밟아!!"

두꺼비 닮은 그 돌이다.

빗기를 머금은, 꼭 허세로 배불린 두꺼비 형상이었다.

예서 한 걸음만 더 나아가면 두 칸 계단이 있다.

계단에 올라서면 단인, 이제 열다섯 걸음이 남는다.

김승섭 장편소설 소꿉각시

광주광역시로 들어가는 이정표가 송 여사의 시선에 들어온다.

이정표에서 불씨가 날아든 듯, 송 여사의 가슴속이 갑자기 두 방망이질로 불덩이처럼, 얼굴이 화끈거리며 숨이 어지럽다.

차창 유리를 모두 내려 불길을 잡아 보려 하지만 생각 같지 않다.

일찍이 가져 보지 못한 감정이었다.

유 의태 만남 이후 사십여 년을 넘게 한 번도 가져 보지 못한 숨-결이다.

어지러운 이 설렘이 도대체 무엇인지.

남편을 향한 반가운 상봉의 기대감, 송 여사의 가슴이 어지럽게 끓고 있었다.

유 의태 앞에서 스스로, 걸림 없이 입 열어 사랑한다고 표현해 보지 못한 가슴속 저 깊은 곳에 웅크리고 있었던 후회란 놈이, 돌 가슴의 균열을 비집고 벌떡 일어났다.

송 여사의 두 눈두덩에서 뜨겁게 넘친 눈물이 바람을 타고 귓바퀴로 흘러든다.

유 의태의 눈 굴 파기가 끝났다.

온몸이 땀으로 젖어 후텁지근하고 끕끕하다.

정성스럽게 흙과 섞어 동백나무 둥치 한 자 깊이에 안치하고, 그 위에 표식으로 놓아 달라며 홍 단이, 삼양 해수욕장 해변에서 직접 가져온, 주먹만큼 한 검은빛의 차돌이 헤집는 그의 손끝, 넙데데한 화산석 앞에서 드러났다.

"임자. 나 왔네. 동안 적적하지 않았는가? 참 보고 싶었네. 우리, 곧 만나세나?."

유 의태가 등 가방을 겹게 벗어 화산석 위에 올려놓았다.

"보시게. 여기 가져왔네. 자네가 부탁한 작품일세. 자네 만나러 가는 사이라도 재미나게 읽어 보시게나. 자네 독후감이 참, 기다려지는군."

되돌아 나가기 위해선 몸을 돌리기 위해, 좀 더 넓게 눈을 파야 했다.
파낸 눈이 가방 위에 두텁게 내렸다.

제주 방송국 로비에서 송 여사를 기다리고 있던 유 은집이 그들을 데리고 서둘러 피디실로 갔다.
피디가 녹화된 동영상을 송 여사 앞에서 재생한다.
스치듯 지나가던 유 의태 모습을 멈춘다.

"저분이 실종되신, 소설, 시나리오 작가이신 유 의태 선생님, 부군이 맞으시나요?"

현수막 아래 쭈그리고 앉은, 피곤하고 까칠한 유 의태 모습이 모니터용 대형 화면에 확대된다.
송 여사의 두 눈두덩에서 뜨거운 눈물이 대번에 넘쳐흐른다.

"애들 아빠가 확실해요. 빨리, 어서 만나게 해 주세요. 선생님."
"유 의태 선생님 계신 곳을 제주 119 도움을 받아 GPS 좌표로 저장했습니다.
사모님, 우선 진정하세요.

　　　　　　　　　　　　　　　김승섭 장편소설 소꿉각시

정 작가. 사모님에게 따듯한 차.

지금 제주 지역 기상이 썩 좋지를 않습니다. 선생님 계신 곳은 산악 지대라, 아직도 눈발이 거칠답니다.

그곳은 지금 눈이 집을 덮고 남을 만큼, 2미터 넘게 눈이 쌓인 지역이라네요. 차량 접근은 도저히 상상할 수도 없고요.

사모님. 저희가 가족 상봉이 이루어지시도록 최선을 다하겠습니다.

사모님. 마음 놓으셔도 됩니다.

119 헬기와 함께 출동하기로 합의되었습니다."

유 은희가 가방에서 손수건을 꺼내어 은집에게 등이 안겨 있는 송 여사의 눈물을 찍어 내었다.

유 의태는 부서뜨린 부엌문을 정리하고 온 집안을 깔끔하게 정돈한다.

침대 밑으로, 빙 둘러 가며 연소하기 좋게 바싹 마른 화목을 쌓았다.

화목에 불씨가 인화되기 쉽게, 둘러놓은 면 끈에 석유를 흥건히 부어 적셨다.

서너 발 길이의 도화선에도 석유를 적셨다.

온 집안에 석유 냄새가 흐른다.

유 의태가 온몸을 정성스럽게 닦고, 홍 단이 사 준 옷으로 단정하게 갈아입는다.

홍 단이 먹고 남긴 수면제 통을 손바닥 위에 모두 비우니, 한 줌이다.

입안에 털어 넣고 물컵을 기울여, 목줄 가득 버겁게 넘겼다.

새끼손가락 반 마디 길이의 초에 불을 붙여 도화선 위에 놓는다.

기타 사운드 홀 안에 한 줌 남은 홍 단의 유골 분을 조심히 넣어 들고, 침대에 반듯이 누웠다.

가슴 위에 소중히 기타를 놓는다.

양손 깍지 껴, 기타를 소중히 안고 차분히 눈을 감았다.

오래전부터, 실행될 상황을 두고, 두고두고 준비하고 정리해 온 순서처럼 진행되었다.

유 의태의 이 모든 움직임은 마치 유령의 그림자가 움직이는 듯했다.

그는, 시나브로 잠이 들기 전까지 여기저기 마음속의 창문들을 하나, 하나 열었다.

이승에서의 아름다운 예순아홉 해, 삶들이. 매 순간, 순간 가슴에 찍어 두었던 사진들이 하나, 하나 열렸다.

화~알짝.

화~알짝.

화~알짝….

두 대의 헬리콥터가 한라산 능선을 넘어오고 있다.

무전기 수신음이 기내의 침묵을 깼다.

"좌표 상공입니다. 눈이 2미터 넘게 쌓인 것 같습니다. 착륙 불가능 상태입니다. 붕긋붕긋 한 곳들이 집이나 차, 밀감나무 등이 있는 곳 같습니다. 강 피디. 어떻게 하죠?."

"눈 위에 근접하면 날개바람에 눈들이 날아가지 않겠습니까?"

"눈이 워낙 많이 쌓여서, 습한 눈이라 날릴지 모르겠네. 설사 그런 일을 기대해도 착륙할 공간이 보이지를 않습니다."

"우리 나누어 눈을 한번 날려 봅시다. 공간이 드러날지 모르니."
"한번 시도 해 봐야겠지요?. 우리가 북쪽 맡겠습니다."

두 대의 헬기가 조심스럽게 눈 위로 하강한다.
눈들이 생각만큼 흩날리지 않는다.
차츰, 지붕이 드러나고 차 지붕이 살짝 드러났다.
밀감밭과 동백 숲이 드러났다.
겉눈만 요란스럽게 흩날리고, 기대하던 일은 일어나지 않았다.
두 대의 헬기가 착륙을 포기하고 안전 고도를 취하자 송 여사 일행이 안타깝게 아래를 내려다보며 곧, 눈물 쏟을 것 같은 애절한 시선을 강 피디에게 모았다.
강 피디가 만근 같은 턱을 하다 말고 무전길 들었다.

"확성기를 작동해 봅시다. 선생님 반응이라도."
"스위치 올렸습니다. 말씀하세요."

남매가 동시에, 애절하게 거듭, 거듭 외쳤다.

"아빠!!! 아빠!!! 아빠!!! 저 은희예요!!"

"아버지!!! 아버지!!! 아버지!!! 은집이예요!!"
"대답해 봐 여보!!! 나왔어!! 나!!!"
"어!! 어!! 아빠!! 아빠!! 불!!! 불!!! 불이야!!! 집에 불!!!!"

은집의 목줄 터지는 외마디 비명에 기내가 혼란에 빠졌다.

집 처마에서 검은 연기가 꾸역꾸역 솟구쳤다.

불길이 뱀의 혓바닥처럼 주변의 눈을 게걸스레 핥아 대기 시작했다.

송 여사 일행은 문을 열고 바로 뛰어내릴 듯, 창유리를 두드리고 발을 굴리며 어쩔 줄을 몰라 했다.

"어떻게!! 어떻게!! 어떻게 좀 해 봐요!! 어떻게 좀 해요!! 어떻게 좀 해 보라고!! 어떻게든 하라고 이 새끼들아!!"

지붕의 눈들이 열기에 다 녹아내리고, 얼마 지나지 않아 지붕 한쪽부터 함몰되기 시작했다.

불길이 한참 더 기세를 올리고, 소방 헬기가 도착했다.

기세등등하던 시뻘건 불길이, 소방 헬기가 쏟아 내린 물줄기 한번 맞고 꺾였다.

유 의태 유고 작품을 은희, 은집 남매는 송 여사에게 존재하지 않는 것으로 숨기었다.

부동산 역시 그랬다.

송 여사가 괴로워할, 남편에 대한 배신감을 원치 않았다.

유 의태란 북극성을 향해 일편단심 항해하고 있는 좌표가, 주체할 수 없는 분노의 회오리 속으로 삽시에 빨려들 것이, 송 여사의 평소 성정으로 보아 불을 보듯 뻔했다.

지아비 행불 이후 세 끼 밥그릇을 따뜻하게 묻어 두었다.
이전보다 더 간절히 소리 내어 불경을 독송하였다.

송 여사가 아침저녁으로 그리 간절히 소리 내어 불경을 독송한 것은, 행
불된 지아비가 객지나마 세 끼 따뜻한 밥과 잠자리, 무엇보다 탈 없이 귀
가해 주기를 간절히 염하였다.
송 여사의 그 지고지순(至高至純)한 불경으로의 간절한 염(念)은, 책 모
서리가 말리고 헐어, 너덜너덜 다 헤어져서 귀퉁이가 뭉텅 떨어져 나가
구절이 없어졌으나, 여사의 간절한 염송에는 전혀 걸림돌이 되지 않았다.
송 여사의 가슴엔 이미 한 권의 불경이 남김없이 화인(火印) 되어 있었다.

남매는, 유 의태의 사십구재를 수습하자마자 그 뒤를 따른 송 영희 여사
의 유골 분을 여사의 유언에 따라 유 의태 골 분과 합하였다.
동백나무 아래 흙과 잘 섞어 밑둥치에 두둑이 덮었다.

서로 어우러진 세 인연은 수세 더 좋은 동백나무 일부가 되었다.
해마다 봄이면 아기 주먹만큼 한, 찐득한 사랑의 핏빛 붉은 꽃들을 함께
피웠다.
그들 인연의 향기는 바람에 실려, 더 멀리, 멀리 그렇게 퍼졌다. ✿

日雲 김 승 섭

소끔각시

ⓒ 김승섭, 2023

초판 1쇄 발행 2023년 9월 1일

지은이   김승섭
펴낸이   이기봉
편집   좋은땅 편집팀
펴낸곳   도서출판 좋은땅
주소   서울특별시 마포구 양화로12길 26 지월드빌딩 (서교동 395-7)
전화   02)374-8616~7
팩스   02)374-8614
이메일   gworldbook@naver.com
홈페이지   www.g-world.co.kr

ISBN   979-11-388-2178-0 (03810)

· 가격은 뒤표지에 있습니다.
· 이 책은 저작권법에 의하여 보호를 받는 저작물이므로 무단 전재와 복제를 금합니다.
· 파본은 구입하신 서점에서 교환해 드립니다.